KB271785

破天魔

파천마

FANTASTIC ORIENTAL HEROES

류진 新무협 판타지 소설

파천마 1

류진 新무협 판타지 소설

초판 1쇄 찍은 날 § 2012년 7월 12일
초판 1쇄 펴낸 날 § 2012년 7월 19일

지은이 § 류진
펴낸이 § 서경석

편집부장 § 권태완
편집책임 § 박우진
디자인 § 이혜정

펴낸곳 § 도서출판 청어람
등록번호 § 제1081-1-89호
등록일자 § 1999. 5. 31
어람번호 § 제2-2239호

주소 § 경기도 부천시 원미구 심곡2동 163-2 서경B/D 3F (우) 420—822
전화 § 032-656-4452 팩스 § 032-656-4453
http://www.chungeoram.com
E-mail § chungeorambook@daum.net

ⓒ 류진, 2012

ISBN 978-89-251-2935-8 04810
ISBN 978-89-251-2934-1 (세트)

FANTASTIC ORIENTAL HEROES
류진 新무협 판타지 소설
破天魔
파천마
1
도서출판
청어람

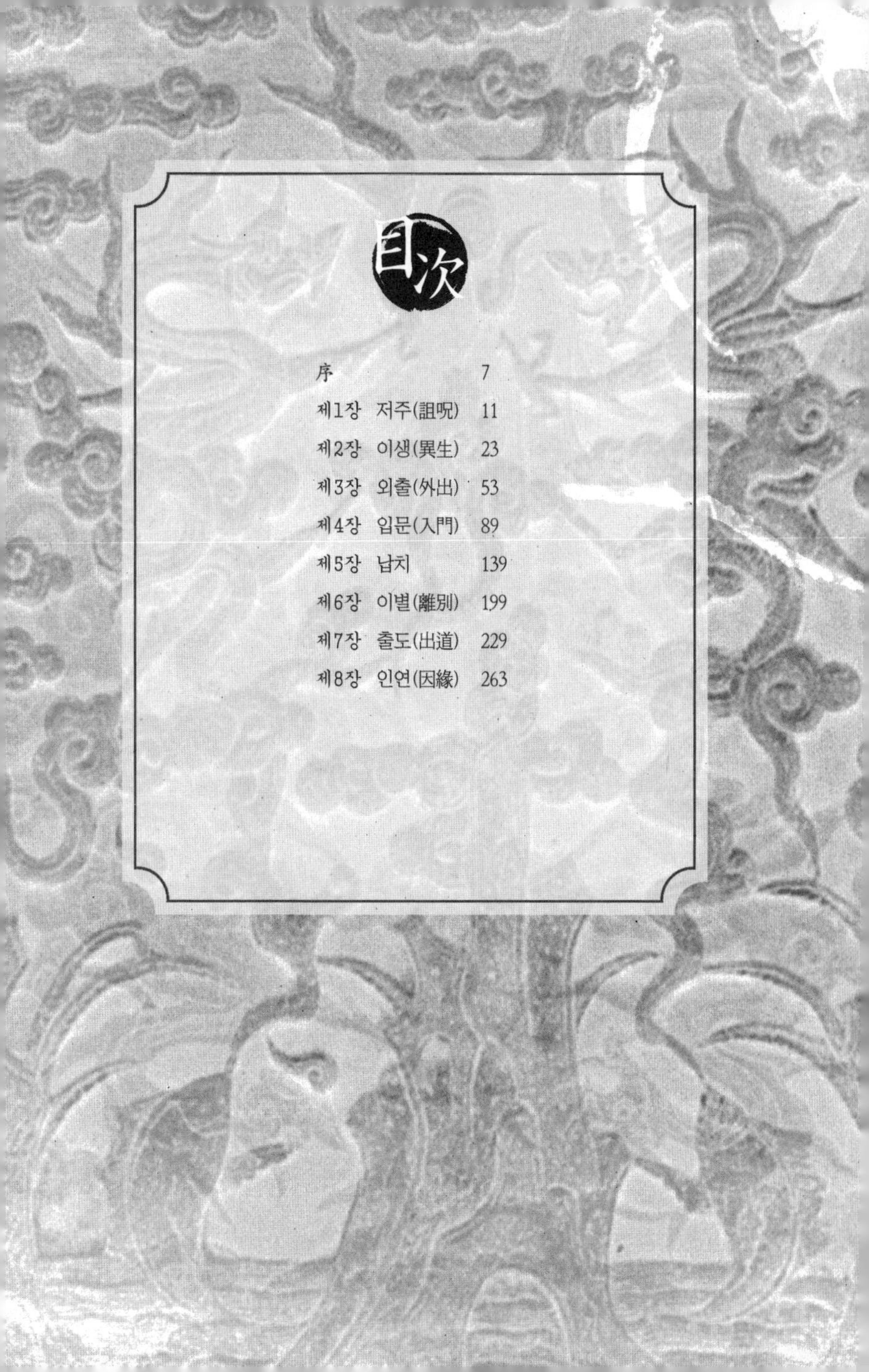

目次

사시사철 꽃이 피고 아침저녁으로 새소리가 귀를 간질이는, 유배지로서는 분에 넘치는 곳이었다.

그는 허리를 두드리며 마당으로 나갔다. 간밤에 잠자리가 불편했던지 허리가 쑤셨다. 하긴 올해로 백이십 년을 살았으니 이곳저곳 아프다고 이상할 건 없었다.

울타리 삼아 심어놓은 꽃 주위로 벌과 나비들이 날아다녔다. 물을 주기 위해 우물로 향하는데 지난 사십 년 동안 접해 보지 못한 인기척이 들렸다.

두레박을 잡던 손을 거둬 뒷짐을 지고 몸을 돌렸다.

버석!

바람에 하늘거리며 흔들리던 꽃이 커다란 발에 무참하게 짓이겨졌다. 육 척이 훌쩍 넘는 키에 얼굴에는 수십 개의 상처를 지닌, 검은 옷으로 전신을 감싼 노인이었다.

그는 나타난 노인을 알고 있었다. 사십 년 만의 해후지만 어제 만난 것처럼 똑똑히 기억했다.

새삼 그를 찾아온 것에 놀랐는데, 노인의 입에서 튀어나온 말은 그의 얼굴을 경악으로 물들게 했다.

"미, 미안하네. 내가 자네 꽃을 망가뜨렸군."

미안하다고 했다! 저 인간이!

고금제일악인(古今第一惡人), 인면수심마(人面獸心魔), 무량무인인(無良無仁人)…….

노인의 악함을 표현하는 말은 무수히 많다. 하지만 그 어떤 것으로도 그의 악함을 모두 대변할 수는 없다. 그는 뼛속까지 악인이고 바다가 마를지언정 노인이 변하는 일은 일어나지 않을 것이다.

그는 그렇게 믿었다.

그런데 그자는 자신이 밟은 꽃을 세우려고 주름진 손을 놀리며 어쩔 줄 몰라 하고 있었다.

"자네, 뭐하는 건가?"

그의 물음에 그자가 고개를 들었다. 상처와 함께 깊이 파인 주름진 얼굴은 금방이라도 울 것 같았다.

"꼬, 꽃이 잘 세워지지 않는군."

헛헛한 웃음이 나왔다.

"노망이라도 든 게로군."

틀림없이 그럴 것이다. 신의 무공을 가지고 있다고 한들 세월의 망령이 비켜간다는 보장이 없으니 말이다.

"이, 이건 내가 어쩔 수 없군. 미안하네."

"우리가 얼마나 보잘것없는 인간인지 알겠나? 천하제일의 무공을 가졌지만 고작 꺾어진 풀조차 다시 세울 수 없다네."

풀죽은 얼굴을 한 그자가 힘없는 걸음으로 가까워졌다. 사십 년 전 그자의 앞에 섰을 때 느꼈던, 살을 떨리게 만들던 패기(覇氣)는 찾아볼 수 없었다. 그저 자신과 같은 세월을 보낸 노인의 초라함만이 걸음에 아교처럼 달라붙어 있었다.

"자네에게 부탁이 있어서 왔네."

"싸울 상대가 없어 제발 신이 존재하기를 빌었던 자네가 부탁이 있다니, 내가 지금 꿈을 꾸고 있는 모양이군."

그와는 달리 아직 검은색 수염으로 감싸인 그자의 떨리는 입술이 열렸다.

그리고 이렇게 말했다. 하늘마저 파괴할 악인이라 하여 파천마(破天魔)라 불리는 그가 분명 그렇게 말했다.

"날 좀 죽여주게."

第一章 저주(詛呪)
第

破天魔 파천마

“저주?”

“그렇사옵니다. 무산(巫山)의 무산신녀(巫山神女)라는 계집
이 주군을 죽이기 위해 술법(術法)을 쓰고 있다고 하옵니다.”

천무백(天武魄)의 얼굴 가득한 흉터가 꿈틀거리더니 이내
광소가 터져나왔다.

“크하하하! 술법? 술법이라고 하였느냐?”

연자흠(研自欽)은 허리를 숙이며 대답했다.

“그 근방에는 무산신녀의 술법을 믿는 사람들이 제법 많습
니다.”

“너도 저주라는 것을 믿느냐?”

“있을 수도 있다고 생각하옵니다만 주군께 통할 거라고는 믿지 않사옵니다. 그저 소식이 들어와 알리는 것이오니 마음 쓰지 마시옵소서.”

“있을 수도 있단 말이지?”

천무백은 연자흠이 허튼소리를 뱉는 걸 본 적이 없다. 지난 육십여 년간 그를 그림자처럼 데리고 다닌 이유 중 하나다.

천무백이 커다란 의자를 박차고 일어섰다.

“가보자.”

“네? 하지만…….”

“무료하던 차에 잘됐다. 심심해서 죽을 지경이거든.”

*　　*　　*

콰앙!

천무백의 발에 밟힌 기와집이 산산조각으로 부서져 나갔다. 발밑에서 들린 비명은 귓가를 가르는 바람에 묻혀 사라졌다.

그가 무산까지 가면서 이렇게 밟아서 터뜨린 집이 백 채가 넘었고 그만큼 많은 사람이 죽었을 터지만 신경 쓰지 않았다. 중이나 개미를 밟을까 봐 걸음을 조심하는 법이다.

천무백은 단 하루 만에 삼천 리 길을 주파해 무산에 다다랐다. 무산은 일보일험(一步一險)의 험준한 산이다. 거기에 그 유명한 무산삼협(巫山三峽)을 끼고 있는 탓에 인적도 드물었다. 소원을 비는 신심 깊은 자들과 약초꾼만이 간혹 무산을 오를 뿐이었다.

산의 초입에서 구름에 가린 정상을 시야에 둔 천무백이 물었다.

"그 신녀가 있는 곳은 어디냐?"

"꼭대기 부근이라고 들었습니다."

연자흠의 말 속에서 숨찬 소리가 섞여 나왔다. 천무백을 놓치지 않기 위해 여섯 시진을 쉬지 않고 달린 탓이었다.

"저희가 먼저 가서 살펴보겠습니다."

천무백에게는 세 개의 그림자가 있다. 본래 자신의 것과 연자흠, 그리고 지금 입을 연 도백종(道白宗)이다.

"내게 조심을 하라는 것이냐?"

도백종이 당황한 얼굴로 황급히 허리를 꺾었다.

"죄송합니다."

올해 나이 여든이다. 무림에 나가면 일 성의 주인이 되고도 남을 무공과 연륜이 있다.

무흔살(無痕殺)이라는 별호로 무림십대고수(武林十代高手) 중 당당히 한 자리를 차지하고 있는 도백종이었지만 천무백

앞에서는 고양이 앞의 쥐일 뿐이다.

그리고 도백종은 그 쥐를 무척 자랑스럽게 생각하는 사람이다.

그들은 산을 올랐다. 언제 질풍처럼 달려왔나 싶게 유람을 하는 듯 유유자적한 걸음이다.

하지만 느린 걸음은 오래가지 않았다. 백 살이 넘어서부터 부쩍 싫증을 잘 내는 천무백이었다.

"그냥 빨리 가자."

절로 일어나는 호신강기에 나무가 뽑히고 바위가 부서졌다. 미친바람처럼 앞에서 달리는 천무백 때문에 뒤따르는 두 사람은 죽을 맛이었다. 천무백이 만드는 파편은 여느 것과는 달랐다.

천무백에게 부딪쳐 부서지면서 속도가 엄청나게 빨라져 호신강기를 극한으로 끌어올리지 않으면 몸에 구멍이 뚫릴 수도 있었다.

아마 천무백은 그것을 모를 것이다. 그림자 같은 수하조차 신경 쓰지 않는 그런 위인이니 말이다.

바위산을 감싸고 있는 짙은 운무가 몸서리를 치며 흩어졌다. 거대한 바위 위에 깊은 족적을 만든 천무백의 걸음이 멈췄다.

무산의 정상.

신녀라는 거창한 이름과는 달리 고작 스무 평 남짓한 초라한 사당 하나가 자리해 있다.

사당 주변으로는 담 대신 키 작은 소나무가 듬성듬성 자리했다. 천무백이 한 발을 떼었을 때 사당의 문이 열리며 사내 세 명이 뛰쳐나왔다. 워낙 요란한 등장이었으니 기척을 못 들을 수가 없다.

"다, 당신은 파천마 천무백!"

얼굴을 가득 덮은 흉터와 장대한 체구, 즐겨 입는 검은 장포를 모르는 무림인은 없을 것이다.

천무백이 내딛는 걸음만큼 세 사내는 물러섰다. 그들의 허리에는 검이 매달려 있었지만, 쓸모없는 성기처럼 덜렁거릴 뿐 뽑을 엄두도 내지 못했다.

기어코 세 사내는 나왔던 사당 안으로 다시 들어갔다. 천무백도 그들을 따라 발을 들여놓았다.

대낮인데도 창문을 모두 닫아놓아 초저녁의 어스름한 어둠이 깔려 있었다.

천무백은 좌에서 우로 시선을 훑었다. 정면에 크고 작은 여인의 전신상이 세 개 놓여 있고, 사방 벽에는 형형색색의 요란한 그림들이 그려져 있었다.

모두 구름과 연꽃 사이를 날아다니는, 하늘하늘한 옷을 입은 여인의 그림이었다.

여인 동상 앞에 놓인 제단 위에는 향로에 꽂힌 검은색의 향과 붉은 글씨가 쓰인 부적 같은 게 자리해 있었다. 코를 간질이는 불쾌한 냄새는 저 향에서 나는 것이었다.

천무백은 지나쳤던 시선을 옮겨 제단 앞에 앉아 있는 두 여인에게 고정시켰다.

나이를 짐작할 수 없을 정도로 늙어버린 노파와 이제 갓 스무 살쯤 되어 보이는 여인은 그의 등장에도 두려워하는 기색을 보이지 않았다.

노파는 허름한 마의를 입었지만 젊고 아름다운 여인은 그림 속의 여인들처럼 얇은 흰색의 비단옷을 걸쳤다. 그래서 여인에게 물었다.

"네가 무산신녀라는 계집이냐?"

대신 노파가 말했다.

"네가 천무백이라는 그 흉악한 마인이냐?"

"크크큭! 살날이 얼마 남지 않았으면 하루하루를 소중하게 여겨야지."

"네놈이야말로 죽을 날이 멀지 않았다."

천무백이 걸음을 내딛자, 부들부들 떨고는 있지만 그래도 남자라고 세 사내가 앞을 막았다.

하지만 그들은 이내 다리가 풀린 것처럼 풀썩 주저앉았다. 모로 꺾인 고개와 허옇게 뒤집어진 눈이 그들의 죽음을 말해주었다.

도백종의 솜씨였다. 도백종은 천무백의 걸음에 방해가 될까 봐 시체를 벽 쪽으로 치웠다.

노파가 소리쳤다.

"사람 목숨을 파리 목숨보다 하찮게 여기는 네놈은 곧 천벌을 받을 것이다!"

천무백은 천장에 가려 보이지 않는 하늘을 힐끗 올려다본 후 말했다.

"하늘이 너무 게을러. 벌을 내리려면 진즉 내렸어야지. 이제까지 뭐하고 있는지 몰라."

노파가 뭐라고 말을 하려고 하자 신녀가 입을 열었다.

"할머니, 짐승에게 말을 하는 건 시간낭비예요."

"저런 놈에게 비교하는 건 짐승에 대한 모욕이다. 퉤!"

가끔 간이 배 밖으로 나온 사람들이 있다. 하지만 죽음 앞에서 간이 오그라들지 않은 사람은 보지 못했다.

그런데 저 조손은 너무도 태연했다. 천무백이 자신들을 죽이지 못할 것이라고 믿는 것처럼 말이다.

"자흠아."

"네, 주군."

"인간을 가장 고통스럽게 죽이는 법을 알고 있느냐?"

"가장이라고는 장담할 수 없으나, 죽음을 애원할 정도의 고통을 줄 수는 있사옵니다.”

“그럼 저 미친 노인을 그렇게 죽여라.”

천무백의 담담한 음성에 신녀가 벌떡 일어섰다.

“그만둬라! 정녕 하늘이 무섭지도 않느냐!”

“나도 뭔가 무서운 것이 있으면 좋겠군.”

“끄아아아―!”

갑자기 노파의 비명이 터졌다. 어느새 다가간 연자흠이 바닥을 구르며 몸부림치는 노파를 내려다보고 있었다.

“할머니!”

신녀가 다가가려 했지만 천무백의 기에 막혀 움직이지 못했다. 안간힘을 쓰느라 그녀의 얼굴이 술 한 말을 단숨에 마신 것처럼 붉게 달아올랐다.

천무백은 여인의 목을 움켜쥐었다. 그는 유난히 여인의 목을 좋아했다. 한 손에 딱 잡히는 가녀린 목 손바닥에 느껴지는 경동맥의 필사적인 뜀박질.

두려움이 피부로 느껴지는 잔인함을 그는 즐겼다. 볼을 핥으면 미각으로도 전해졌다.

“너는 내가 죽이는 백일흔두 번째의 여자다.”

기억하려고 애쓴 것은 아니다. 너무 총기가 뛰어나 세 살 이후의 모든 걸 생생하게 기억할 수 있어서였다.

무산신녀의 입이 벌어지고 하얀 거품을 일으키는 침이 입가로 흘러내렸다.

그러면서도 혀는 쉼없이 끄덕끄덕 움직이고 있었다. 귀를 기울이니 알아듣기 힘든 말이 들렸다.

"…현녀진언결… 천강속… 문귀현세출… 양운양생방… 급 급……."

"큭큭큭! 그것이 나를 향한 저주더냐? 그래, 마음껏 퍼부어라! 신이라도 불러내거라!"

어느 순간 여인은 더 이상 말을 뱉지 않았다.

"주문이 끝났느냐?"

대답이 없었다.

우둑!

무산신녀의 목이 꺾였다. 노파도 바닥을 긁은 손가락이 피투성이가 되어 죽었다.

저주를 받은 쪽은 조손과 세 사내였다.

천무백은 그런 줄 알았다. 오랜만에 즐거움을 준 연자흠을 칭찬하기까지 했다.

그날은 그랬다.

第二章 이생(異生)

“으아악—!”

천무백은 악몽에서 깨어났다. 닷새 연속 꾸는 악몽이다. 하지만 그것이 꿈이라는 안도감은 찾아오지 않았다.

그는 여전히 자신의 어깨를 잡고 바들바들 떨었다. 그가 걸어온 삶이 핏빛 궤적이 고스란히 그를 물들이고 있었다.

네 살 때 죽였던 동료 아이 왕이(王二). 고작 만두 한 개를 얻기 위해서였다. 일곱 살 때 돌로 머리를 깬 춘삼(春三)이는 그를 향해 손가락질을 했다는 이유에서였다.

오청심(吳淸心)은 열네 살 그가 처음 간살한 열세 살짜리 계집아이다.

백이십 년 일생을 통틀어 행했던 온갖 악행이 끊임없이 뇌리를 스치고 지나갔다.

물론 다 기억하고 있었고 떠오른다고 기분 나쁠 이유도 없었다. 닷새 전까지는 그랬다.

그러나 그 하룻밤을 자고 난 후 그 악행들은 가슴을 쥐어뜯는 고통으로 다가왔다.

그저 육체적인 것이라면 아무리 큰 고통도 웃음으로 넘길 수 있었다.

관운장이 어깨에 박힌 화살촉을 빼며 바둑을 두었듯이 그 또한 능히 그리할 수 있는 인내를 가졌다.

하지만 그가 지금 느끼는 고통은 육체가 아닌 마음의 울림이었다. 자책과 후회, 회한, 절망과 자신에 대한 미움 같은 감정들이 밀려들어 참을 수가 없었다.

이런 감정은 양심을 가진 범인들에게나 있는 하찮은 것들이다. 그런 감정을 가지고 있었다면 애당초 고금제일악인이라고 불리지도 않았을 것이다.

그런데 그가 양심에 괴로워하고 있었다.

저주.

그것이었다. 무산신녀의 저주는 흔한 죽음 같은 게 아니었다. 그녀는 천무백에게 양심이라는 인간의 기본적인 감정을 넣어버렸다.

보통 사람에게는 누구에게나 있지만 천무백에게는 없는, 하늘에서 받은 총명함과 근골, 인내, 근성 등 인간이 받을 수 있는 모든 혜택을 가졌지만 단 하나 갖지 못했던, 하지만 바라지도 않았던 그 양심이, 온갖 악행으로 점철된 백이십 년 세월을 산 후에야 비로소 그를 찾아온 것이다.

이 괴로움을 안고 살 자신이 없었다. 숨을 쉴 때마다 끅끅거리는 울음이 터지는 고통을 참기 힘들었다.

'그래, 죽자!'

*　　*　　*

"죽을 결심을 한 후 곧바로 날 찾아온 것인가?"

천무백은 씁쓸한 웃음을 머금었다.

"아니, 혼자 죽으려고 무던히 애를 썼지. 만장애(萬丈崖) 알지?"

"이곳 사천성(四川省)에 있는 절벽 아닌가?"

"그래. 거기에서 뛰어내려 봤지만 몸이 절로 반응해서 죽음을 거부하더군. 동정호에 빠져도 마찬가지고. 파천추맹(破天追盟)이라고 들어봤나?"

"파천마인 자네를 숭배해서 모여든 미친놈들 집단 아닌가?

그러고 보니 거기 맹주가 일수만살(一手萬殺) 배웅교(配雄僑)라는 독의 고수지. 그자한테 받은 독약을 먹었단 말인가?"

"밥맛만 잃었지. 세상에서 제일 독한 독약이라고 하더니 쓰긴 쓰더군."

"아무리 자네라도 한 석 달 굶으면 죽을 텐데?"

"열흘을 굶었지. 그런데 자고 있는 사이 나도 모르게 부엌으로 가 있더군."

삶에 대한 본능은 악착같은 인간이었다.

"이제 믿을 사람은 자네밖에 없네. 제발 날 좀 도와주게. 숨을 쉬는 모든 시간이 괴로워서 견딜 수가 없어."

또 천무백의 눈에 물기가 맺혔다. 노안(老眼)이 마르지 않았다면 펑펑 쏟아냈을 것이다.

삼십 년 전 같았으면 인과응보(因果應報)라며 통쾌해했을 것이다. 하지만 늙음이 느린 세월은 모난 그의 성격을 사나브로 깎아서 안쓰러운 눈으로 천무백을 보게 만들었다.

"저주를 풀 방법을 찾아보지는 않았나?"

"저주를 풀려면 누군가를 잡아야 하고 피를 보게 될 텐데, 나 때문에 누군가가 다친다는 생각을 하는 것만으로 견딜 수가 없네."

저게 천무백의 입에서 나오는 소리라니, 적응하기 힘들었다.

“자네 정도라면 사람을 다치게 하지 않고도 알아낼 수 있을 텐데.”

“그럴 수도 있겠지. 하지만 저주를 풀면 예전의 나로 돌아간다는 거잖나? 사람의 목숨 따위는 안중에도 없고 오직 자신의 쾌락만을 좇는 인간. 다시 그런 인간이 되느니 죽는 게 낫네. 나 같은 인간은 백번 죽어도 싸.”

“그냥 이렇게 죽는 건 너무 무책임하다는 생각이 들지 않나? 자네가 길러놓은 그 마인들은 어떻게 하고?”

천무백이 긴 한숨을 쉬었다.

“나라고 어찌 그 생각을 하지 않았겠나? 하지만 평생 나에게 충성한 수하들을, 그놈들이 나쁜 놈들인 건 알지만 차마 내 손으로 죽이지는 못하겠더군.”

천무백은 간절한 눈빛을 보냈다.

“그러니 내 오랜 벗 황인하(黃仁河)… 감히 벗이라고 불러도 되겠나?”

황인하는 침묵으로 천무백의 호칭을 허락했다.

“자네는 신의(神醫)라고 불렸던 사람이 아닌가? 숨만 붙어 있다면 누구라도 살릴 수 있는 사람이니 죽이는 것도 그만큼 능하겠지.”

“누가 들으면 천생 살인자인 줄 알겠군.”

“미안하네. 미안해.”

천무백에게서 듣는 미안하다는 말은 몸에 너무 끼는 옷을 입은 것처럼 불편했다. 그래서 미안하다는 말 좀 하지 말라는 타박을 날리자 천무백은 또 미안하다는 말을 중얼거렸다.

어깨를 축 늘어뜨리고 방바닥만 보고 있는 커다란 덩치의 천무백은 늙은 개처럼 초라했다.

"정말 죽고 싶은가?"

"내 평생에 이보다 더 큰 소원은 없을 것이네."

황인하는 고민했다. 하지만 시간만 길어질 뿐 어쩌면 사연을 들었을 때 이미 마음을 정했는지도 모른다.

양심의 고통이란 그것을 겪어보지 못한 사람은 알지 못한다.

황인하는 실수로 사부님의 난초 잎을 꺾은 후 그것을 고백하지 못한 기억을 가지고 있었다. 여덟 살 그때처럼 괴로워하지는 않았지만, 양심의 가책은 심장에 화인(火印)처럼 평생 남는 법이다.

"고통스러울 것이네."

비로소 웃음 한 자락이 천무백의 입가에 걸렸다.

"편할 걸세."

*　　*　　*

패왕성(覇王城)은 발칵 뒤집혔다. 쉬쉬하고 있었지만 천무백이 실종되었다는 소문은 아침 안개처럼 퍼져서 종국에는 소문이 아닌 진실이 되어 모든 사람을 당황하게 만들었다.

실종되기 며칠 전부터 이상했던 천무백의 행동까지 드러나면서 노망이라는 두 글자가 사람들의 입에 회자되기 시작했다.

연자흠이 그런 망언을 뱉는 자를 일벌백계(一罰百戒)로 다스리기는 했지만, 소문이란 감기 같은 것이어서 잠깐 사라졌다가 다시 나타나게 마련이다.

"자네 아직도 이러고 있나?"

멍하니 창밖을 보는 도백종은 연자흠에게 고개도 돌리지 않았다.

오십 년을 천무백의 그림자로 살아온 도백종이다. 그런데 마땅히 따라야 할 실체가 사라져 버린 그림자는 한낱 허상이 되었다.

"주군께서는 어디에 계실까?"

혼잣말처럼 중얼거린 도백종이 고개를 획 돌렸다.

"혹시 그 저주가 효험이 있었던 게 아닐까?"

"미친 소리 하지 말게. 세상에 그런 게 있다면 살아남을 악인이 몇이나 있겠는가?"

"그렇지? 그렇겠지?"

버릇처럼 한숨을 내쉰 도백종은 다시 창밖으로 눈길을 돌렸다.

"잘못 되실 분이 아니야. 그분이 누군데. 곧 돌아오실 거야."

*　　　*　　　*

"이런 좁은 곳에서 사십 년 동안 잘도 살았구만."

천무백의 말에 황인하가 짐짓 눈을 부라렸다.

"여기 가둔 사람이 누군데?"

그들 뇌리에 사십 년 전 그때의 기억이 떠올랐다.

"비무에서 패하는 사람은 영원히 무림을 떠나는 것이다."

그들은 열여덟 살 때까지 한 사부 밑에서 동문수학(同門修學)을 했었다. 황인하가 여섯 살 때 입문했고, 이 년 후 천무백이 들어왔다.

비인부전(非人不傳)의 원칙이 엄격했던 사부는 오직 두 사람의 제자만 두었다.

그래서 황인하는 천무백을 친형제처럼 생각했다. 어릴 때는 천무백의 성정을 몰랐다. 사부도 몰랐을 것이다. 천무백은 그때부터 사람을 속이는 재주를 가지고 있었다.

정확히 십 년. 둘이 함께 배웠던 시간은 그렇게 끝이 났다.

천무백은 더 뛰어난 스승을 만나 떠났다. 그로부터 이십 년이 흐른 후 나타난 천무백은 황인하가 알던 그 천무백이 아니었다.

정파 후기지수 중 가장 두각을 나타냈던 황인하와 사해에 악명을 떨치고 있던 천무백이 만난 건 당연한 수순이었다.

하지만 첫 대결은 우열을 가리지 못했다. 그 후로도 네 번을 더 싸웠고 마지막 싸움이 사십 년 전 그때였다.

패한 황인하는 사천의 깊숙한 이곳에 들어왔고, 천무백이 둘레에 천수팔괘진(天囚八卦陣)을 설치했다.

하늘조차 가둘 수 있다는 천수팔괘진이었지만 황인하가 마음만 먹으면 뚫을 수 있었고, 실제로 쉬엄쉬엄 연구하니 오 년 만에 파훼를 했다.

하지만 황인하는 밖으로 나가지 않았다. 그를 가둔 것은 천수팔괘진이 아닌 천무백과의 약속이기 때문이다.

천하에 다시없을 악인인 천무백도 단 하나 좋은 점이 있다면, 자신의 입으로 한 약속은 무슨 일이 있어도 지킨다는 것이다.

천무백이 그런 인간이 아니었다면 애초에 약속조차 하지 않았을 터였다.

"내가 죽거든 나가게. 세상에는 자네를 필요로 하는 사람이 많지 않은가?"

천무백도 진으로 황인하를 가둘 수 없다는 건 알고 있었다. 진은 황인하의 탈출이 아닌 밖에서 들어가는 외인을 막기 위함이었다.

"내가 없어도 세상은 잘 돌아가는데 굳이 끼어들 필요 없겠지. 난 여기 있는 게 편하네."

"자네 그 게으름은 여전하군. 자네 같은 사람이 어떻게 정파 최고고수가 되었는지 신기해. 쿨룩! 쿨룩!"

천무백이 기침을 뱉은 건 백 년도 훨씬 전일 것이다. 만독불침(萬毒不侵)의 내부도 금강불괴(金剛不壞)의 몸도 서서히 허물어지고 있었다.

지금쯤 오장육부가 뒤틀리고 정으로 뼈를 파내는 것 같은 고통을 느끼고 있을 터인데, 천무백의 얼굴은 오히려 편해 보였다.

"내가 게으른 게 아니라 자네가 독했던 거지. 그 나이 때 하루 두 시진도 자지 않고 수련을 한 사람은 자네밖에 없을 거야. 어쩌면 자질은 내가 자네보다 뛰어난지도 몰라. 난 잘 거 다 자고 의술까지 익히면서도 자네와 필적하는 무공을 이뤘으니 말이야."

"필적? 요즘은 일방적으로 깨지는 걸 필적이라고 하나

보지?”

“일방적이라니? 무려 두 시진을 싸웠는데!”

“그때 자넬 죽이지 않으려고 무던히 애를 썼지.”

“초반에 봐주지만 않았어도 사십 년간 갇혔던 사람은 자네였을 거야.”

“봐주지 말지 그랬나? 그때 내가 갇혔어야 했어. 그럼 그만큼 많은 사람이 다치지 않았을 텐데.”

또 마른 눈물이 흘렀다. 쿨룩쿨룩 기침도 나왔다.

＊　　　＊　　　＊

“준비는 되었나?”

천무백은 주위를 둘러보았다. 원래 농기구를 보관했을 창고는 깨끗하게 비워져 있고 중앙에 돌로 만든 침상이 놓여 있었다.

“그동안 뚝딱거리더니 이걸 만드느라 그랬군.”

“마땅한 돌을 찾느라 꽤나 휘젓고 다녔지.”

차가운 돌 침상에 손을 대자 지난 석 달간의 시간이 주마등처럼 스쳐 갔다.

“고마우이. 못되고 못난 날 위해 이런 수고를 해줘서.”

“자기를 죽이려고 하는 사람에게 그런 말을 하는 건 자네가 처음일 걸세.”

“그러니 날 파천마라고 부르지 않나. 허허허!”

뭔가 허전한 웃음을 터뜨린 천무백이 침상에 눕자 황인하는 돌 침상 옆에 놔둔 밧줄을 손에 쥐었다.

“그 밧줄 가지고 되겠나?”

손가락 굵기의 밧줄은 행여 천무백이 몸부림을 칠까 봐 묶어두려는 것인데 너무 약해 보였다.

“걱정 말게. 보기보다 질기니까.”

하긴 황인하가 하는 일이니 믿을 수 있었다. 황인하는 천무백의 옷 앞자락을 벌렸다. 침놓을 자리를 마련하기 위해서였다.

이어서 드리운 밧줄은 어떻게 묶었는지 겨우 손가락만 까딱거릴 수 있었다.

“자네, 포박술에도 일가견이 있었군.”

“내가 괜히 전수자(纏秀子)라는 별호를 가지고 있는 게 아니네.”

“그래, 어릴 때부터 무엇이든 잘하는 자네가 부러웠지.”

황인하는 침통을 손에 쥐었다.

“시작하겠네.”

“저승에서 만나 회포를 풀고 싶지만 자네와 난 가는 곳이 다르겠지.”

천무백은 눈을 감았다. 참 미워하던 녀석이다. 유일하게 죽이고 싶었던 늙은이이기도 했다.

하지만 세월은 무상하고 인연의 끈은 질기니, 켜켜이 쌓인 시간의 먼지는 미움도 증오도 원망도 묻어버렸다.

황인하는 침을 놓기 시작했다. 지난 석 달 동안 꾸준히 약해진 천무백의 육체는, 그래서 가는 침을 잘도 받아들였다.

백스물두 개의 침을 머리와 가슴, 발에 꽂은 황인하는 품에서 작은 상자를 꺼냈다.

상자 안에서 나온 엄지손톱 크기의 환약을 물끄러미 보던 황인하는 그것을 천무백의 입가로 가져갔다.

"먹게."

천무백은 여전히 눈을 감고 입만 벌렸다. 이미 보라색으로 변한 혀가 황인하의 눈을 아프게 찔렀다.

그 위로 약을 놓자 입이 다물어지고 목젖이 크게 일렁였다. 맛이 꽤나 쓸 텐데 인상조차 찡그리지 않았다.

"배웅교 그 녀석이 준 것과 맛이 비슷하군."

"입맛이 없어지면 말하게. 내 따로 약을 지어줄 테니까."

괜한 농담을 건넸다고 자책했다. 창고는 이내 침묵이 이불처럼 덮였다.

하지만 두터운 침묵은 반각을 넘기지 못했다.

"끄으윽―!"

심장을 후벼 파는 고통조차 씁쓸한 웃음으로 넘기던 천무백의 입에서 신음이 새어 나왔다.

차라리 고개를 돌려 외면하고 싶었다. 미움과 원망이 돌아서고, 이제 옛 벗의 향기를 피우는 천무백이 괴로워하는 모습을 차마 보기가 힘들었다.

지금쯤 내부의 오장육부와 뼈가 녹아내리고, 잠시 후면 피부도 촛농처럼 흘러내릴 것이다.

흙으로 돌아가는 게 아닌, 한 줌 물로 변할 천무백은 괴로움의 절정을 달리고 있었다.

빠드득! 빠드득!

고통에 이빨이 부러질 것처럼 갈렸다. 나뭇가지라도 물려줘야 하나 하고 생각하던 황인하는 그저 주먹을 꽉 쥐었을 뿐이다.

피부가 검게 변하더니 머리칼과 수염이 빠지기 시작했다. 약효가 내부를 넘어 외부로 나타나고 있었다.

커다란 비명이 터졌다. 죽음의 문턱에서 끝까지 지키고 싶었던 천무백의 마지막 자존심까지 허물어졌다.

미안했다. 천무백의 죽음이 미안한 게 아니라, 저 고통을 줄여주지 못한 능력의 한계가 미안했다.

물러지는 살 속으로 줄이 파고들기 시작했다. 피부는 흐물흐물하고 손톱과 발톱은 이미 빠졌는데 천무백은 여전히 몸부림치고 있었다.

이 순간 끈질긴 생명력은 저주 그 자체였다.

'이 친구야! 그만 놔!'

저승사자가 되어 천무백을 옭아매고 있는 생명의 줄을 잘라 버리고 싶었다.

줄은 이제 살 속으로 완전히 파고들어 보이지 않았다. 이목구비도 녹아서 자취를 감췄다.

흡사 한 덩이의 검은 진흙이 꿈틀대는 것 같았다.

뚝! 뚝!

천무백의 녹아내린 살덩이가 돌 침상 아래로 떨어졌다. 황인하의 시선이 그 죽음의 흔적으로 내려갔다.

그때 갑자기 퍼억! 하는 소리가 울리더니 천무백의 몸이 폭발했다.

저절로 일어난 호신강기가 아니었으면 물러진 살점을 흠뻑 뒤집어썼을 것이다.

황인하는 의아한 눈으로 돌 침상을 봤다. 그저 물로 녹아내렸어야 하는데 갑작스런 폭발은 예상에 없는 현상이었다.

머리도 없고 손발도 사라졌다. 축 늘어진 밧줄 아래 자그마한 진흙 한 덩이가 놓여 있을 뿐이다.

예상치 못한 현상이 일어나기는 했지만 결국 죽음이라는 목적은 이뤘다.

"저승에서나마 참회해서 극락왕생(極樂往生)하게나."

황인하는 밖으로 가서 기름을 가져왔다. 묻을 몸뚱이도 없으니 화장을 하는 게 적당했다.

안에 기름을 뿌리고 벽과 지붕에도 끼얹었다. 화섭자를 던지자 창고는 순식간에 하나의 불덩이가 되었다.

이글거리는 불꽃. 어쩌면 저것이 천무백의 삶과 가장 닮은 것인지도 모른다.

유일하게 살아 있던 오랜 벗을 뒤로하고 몸을 돌리는데 이질적인 소리가 들렸다.

"으아앙—!"

그것은 분명 울음소리였다. 소년을 넘기지 않은 음성을 찾아 황인하는 귀를 기울였다.

'대체 어디서……'

떠오르던 의문이 멎었다. 울음소리는 불타고 있는 창고 안에서 들리고 있었다.

이건 천무백이 받은 저주만큼이나 놀라운 일이었다. 아이가 저 창고에 있을 턱이 없다.

하지만 너무 놀라 우두커니 서 있는 그 순간에도 울음소리는 끊이지 않고 들렸다.

황인하는 손을 저어 벽 한쪽을 허물고 창고 안으로 들어갔다. 기름의 힘을 받은 통나무 창고는 이글이글 타오르고 있었지만 그의 호신강기를 뚫을 만큼의 화기를 내뿜지는 못했다.

"이건… 뭔가? 내가 꿈을 꾸고 있는 건가?"

천무백이 죽었던 돌 침상 위. 그곳에서 검은 물을 뒤집어쓴 아이가 울고 있었다.

"넌… 누구냐?"

울음만이 돌아오는 대답이었다.

와지직!

천장 일부가 무너지며 불덩이가 아이를 향해 떨어졌다. 화들짝 놀란 황인하는 몸을 날려 아이를 안았다. 호신강기에 부딪친 불덩이가 사방으로 흩어졌다.

서둘러 밖으로 나오자 시원한 바람을 맞은 아이가 울음을 그쳤다.

황인하는 너무 울어서 딸꾹질을 하는 아이를 우물로 데려 갔다.

'이건 꿈인가? 내가 꿈과 현실을 구분하지 못할 정도로 늙은 건가? 노망인가?'

갖가지 생각이 뇌리를 스쳤다. 그러면서도 아이를 씻기는 일은 멈추지 않았다.

검은 물을 모두 씻어내자 아이의 온전한 모습이 드러났다. 이제 열 살쯤 되었을 것이다.

뚜렷한 이목구비에 유난히 흰 피부를 가진 아이다. 쭈그려

앉은 아이는 대야에 받아놓은 물로 장난을 치고 있었다.

'설마!'

그의 기억은 백십 년 전 그 까마득한 옛날로 줄달음질쳤다. 그리고 눈앞의 아이의 모습을 그 기억 속에서 끄집어냈다.

"천무백!"

비명 같은 이름에 아이가 고개를 들었다. 저 모습이다. 열 살 즈음. 아이는 그때의 천무백과 같은 얼굴을 하고 있었다.

"그런가? 정녕 괴사가 일어난 것인가?"

그의 뇌리에는 반로환동(返老還童)이란 네 글자가 떠올랐다. 그게 아니고서는 설명이 되지 않았다.

하지만 전설처럼 내려오는 반로환동이란 극강의 내공을 지닌 고수가 신선(神仙)이 되면서 걷는 길이다.

비단 무공이 높아서 되는 것이 아니라 오랜 세월 마음을 닦고 도(道)에 정진해야 비로소 이룰 수 있는 경지인 것이다.

수염을 허옇게 기른 신선 사이에 있는 동자 모습의 신선이 바로 그런 사람들이다.

물론 옛이야기나 그림에서나 나오는 것들이지 그것을 믿는 사람은 없었다.

한낱 전설로 치부해야 마땅하거늘 그것이 사실로 눈앞에 나타났다.

'천무백아, 천무백아, 넌 정녕 불가사의한 인간이로구나!'

                    *   *   *

“우… 우우…….”

천무백은 배를 문지르며 울상을 지었다. 배고프다는 말도 못하고 몸짓으로만 표현해야 하는 저런 모습에 적응하기에는 사흘이라는 시간은 너무 짧았다.

“그, 그래, 조금만 기다려라.”

지난 사흘 동안 살핀 천무백의 몸은 덩치만 열 살 정도이지 갓 태어난 아기의 상태 그대로였다.

천무백이 평생을 쌓은 내공이나 마기는 흔적도 없이 사라졌다.

‘정신은 생을 포기했는데 몸이 포기하지 못했던 거야.’

천무백이 일생 동안 쌓은 마기와 공력이 독약과 맞서다가 결국 폭발하고 만 것이다.

독약이 오장육부와 뼈, 근육 등을 상당 부분 녹였기에 원래의 신체로 돌아오지 못하고 작아져 아이가 되었을 것이다.

그것으로밖에는 설명할 길이 없었다.

‘다 늙어서 팔자에도 없는 애를 키우게 생겼군. 에효—!’

그날부터 황인하는 천무백에게 말을 가르치기 시작했다. 평생 혼인을 안 했으니 애를 키워봤을 리 없다.

제자 몇을 뒀을 뿐인데, 제자를 기르는 것과 애를 키우는 것은 근본적으로 달랐다.

"인석아! 오줌은 밖에서 싸야지!"

"어허! 음식 흘리지 말라니까!"

"어이쿠! 그렇게 잡아당기면 할아비 수염 다 뽑히겠다. 허허허!"

그래도 차츰 익숙해져 갔다.

그렇게 일 년을 가르치자 말은 또래 아이들만큼 했고, 그사이 천자문(千字文)까지 뗐다. 기억은 모두 사라졌지만 총기만은 천무백의 것을 오롯이 가지고 있었다.

"세은아, 밥 먹어야지!"

황인하는 천무백에게 황세은(黃世恩)이라는 이름을 붙여주었다. 나중에 세상에 나갈 텐데 본명으로 부를 수는 없었다.

밥을 차려놓고, 마당에서 놀고 있을 그를 불렀으나 대답이 돌아오지 않았다. 마당을 살피고 뒤뜰을 찾았지만 보이지 않았다.

"설마 이 녀석이!"

한창 호기심이 많을 나이다. 황세은을 위해 일부러 진의 경계를 따라 붉은 실을 둘러놓았고, 그 너머로는 절대 가지 말라고 신신당부를 했다.

하지만 그 또래의 아이가 어른 말을 꼬박꼬박 듣는 건 창기의 정조만큼이나 지키기 힘든 것이었다.

"세은아! 세은아!"

마음이 급해졌다. 천무백이 펼쳐 놓은 천수팔괘진은 한번 갇히면 반경 십 장 내를 빙빙 돌다가 탈진해서 죽을 수밖에 없다.

황인하는 양쪽으로 숲이 울창한 오솔길을 단숨에 달려갔다. 황세은이 이 길로 갔는지는 확실치 않지만 가능성이 가장 높은 곳을 먼저 찾기로 했다.

다행히 황세은은 실이 쳐진 진의 경계 앞에 쭈그려 앉아 있었다.

"세은아! 거기에는 가지 말라고 하지 않았느냐!"

그의 호통에도 황세은은 고개조차 돌리지 않고 막대기로 땅에 뭔가를 열심히 그리고 있었다.

"뭐하는 것이냐?"

좁은 어깨너머로 황세은이 그린 그림을 본 황인하의 얼굴이 굳어졌다.

땅에 그려진 복잡한 선은 천수팔괘진의 도해(圖解)였다. 아직 이 할 정도밖에 풀지 않았지만 거기까지는 완벽했다.

'설마 기억을 찾았단 말인가?'

황인하는 급한 마음에 황세은의 어깨를 흔들었다.

"세은아! 세은아!"

천천히 고개를 돌린 황세은의 눈은 붉게 물들어 있었다. 하지만 그것도 잠깐, 눈을 한 번 깜빡이자 원래의 흑백이 뚜렷한 맑은 눈으로 돌아갔다.

"어? 할아버지."

'마기가 사라진 게 아니었단 말인가?'

황인하는 놀란 표정을 애써 감추며 물었다.

"그 그림은 무엇이냐?"

황세은은 진이 펼쳐진 숲을 가리키며 말했다.

"저기가 이상해. 구불구불한 게 그냥 가면 안 되고……. 여기 내가 그린 거 있잖아, 여기 이 길을 그대로 따라가야 해."

"그걸 어찌 알았느냐?"

"여기서 한참 보고 있으니까 보이던걸? 하지만 다 알려면 들어가 봐야 해. 할아버지도 같이 갈래?"

기억이 되살아난 게 아니라 단지 이 끄트머리에서 살핀 것으로 도해를 그렸던 것이다. 다행이라 느끼면서도 놀람은 가시지 않았다.

지나치게 밝은 총기가 오히려 불안했다. 거기에 눈을 통해 드러난 마기는 무거운 추가 되어 가슴을 짓눌렀다.

"가자. 밥 먹고 잠깐 네 몸을 봐야겠다."

"내 몸은 왜?"

"원래 아이 때는 수시로 건강을 점검해야 하느니라."

식사를 한 후 황세은을 의실(醫室)로 데려가 침상에 눕혔다. 혹시 황세은의 몸에 변화가 나타날까 봐 불 탄 창고 자리에 의실을 지어둔 게 천만다행이었다.

진맥을 하는 황인하의 얼굴에 근심이 드리워졌다. 걱정하던 대로 황세은의 몸속에 은은한 마기가 느껴졌다.

그리 강하지는 않았지만 어린 황세은에게 미치는 영향이 클 것이다.

그리고 세월이 지남에 따라 황세은과 함께 마기도 커갈 것이 분명했다.

'어디에 숨어 있었던 것일까?

의술은 경지에 이르렀다고 자부했는데, 그것은 자만일 뿐이었다.

황세은의 몸에 잠재된 마기는 의술로 어찌할 수가 없는 것이었다. 마공을 연마한 탓에 생긴 마기이니 정(正)의 순수한 공력으로 누르는 수밖에 없었다.

"아무래도 내일부터 무공을 익혀야겠구나."

                    *   *   *

현기조(玄基朝)는 원탁에 둘러앉은 복면인들을 두루 살폈다. 다들 복면을 쓰고 있었지만 네 명의 정체는 익히 알고 있었다.

정체를 감추려고 노력해 봤자 그의 눈을 피할 수 있는 인물은 세상에 몇 되지 않았다.

하지만 그의 왼쪽 두 번째와 정면에 앉은 두 명의 정체는 끝내 밝혀낼 수 없었다.

"파천마가 죽은 게 아니오?"

바로 곁에 앉은 복면인, 무림에서는 혈영수(血影手)로 통하는 고수당(高秀儻)이 대상 없는 물음을 던졌다.

각각 수월토목일금화(水月土木日金火)로 통하는 일곱 명 중 고수당은 화에 속해서 화회주(火會主)라 불렸다. 그래서 복면의 이마에도 화라는 글자가 쓰여 있었다.

"갑자기 사라지기는 했소만 아직 생사는 불명이오."

왼쪽에서 두 번째, 정체불명의 복면인 일회주(日會主)가 대답했다. 현기조도 개인적으로 정부력을 총동원해서 찾아보기는 했으나, 파천마는 아침의 설익은 안개처럼 사라져 버렸다.

"파천마가 실종된 지 이 년이나 흘렀소. 언제까지 그자 때문에 대업을 미루고 있어야 하는 것이오?"

"섣불리 세를 일으켰다 파천마가 나타나기라도 하면 돌이킬 수도 없소. 서둘러서 대업을 망치느니 신중을 기하는 게 좋을 것 같소. 그리고 아직 준비가 완벽한 것도 아니잖소? 더

욱 탄탄하게 내실을 기하도록 합시다."

칠인회(七人會)가 비록 같은 목적을 가지고 평등하게 출발했다고는 하나, 세상에 완벽한 평등이란 없는 법이다.

일회주의 의견은 현기조와 함께 가장 강한 힘을 발휘했다.

언제나 그렇듯 고수당은 긴 한숨으로 자신의 의견을 눌렀다.

"알겠소이다. 하지만 부디 서둘러 주시오. 피 같은 시간을 언제까지 흘려보낼 수는 없는 노릇이니 말이오."

여기 있는 일곱 명 누군들 천하에 군림하고 싶지 않은 사람이 있겠는가?

하지만 파천마의 생사를 확인하는 건 대업을 완성하는 데 가장 중요한 요소이다.

정체를 밝히고 세를 일으켰는데 파천마가 갑자기 나타나기라도 하는 날에는 공든 탑이 무너지는 결과가 나올 것이다.

파천마는 그만큼 두렵고 강한 존재였다.

현기조는 혼자 쓴웃음을 지었다.

'죽은 공명(孔明)이 산 중달(仲達)을 이기는 꼴이로군.'

　　　　*　　　　*　　　　*

세월은 살 같이 흘러서 천무백이 황세은으로 바뀌어 오 년이 흘렀다.

마냥 어린아이였던 황세은은 이제 조금씩 어른의 풍모를 띠었다.

황인하는 운기행공을 하고 있는 황세은을 따뜻한 눈빛으로 보고 있었다.

처음 일 년은 천무백과 황세은 사이에서 혼란스러웠고, 다음 일 년은 의무감으로 키웠다.

행여 황세은이 다시 천무백의 전철을 밟지 않을까 노심초사하며 정과 협(俠), 의(義)를 가르치는 데 주력했다.

하지만 삼 년째로 접어들면서 어느새 황인하는 황세은의 할아버지가 되어 있었다. 예전에는 분명 천무백이었으되 지난 허물은 벗겨져 흙으로 돌아갔고, 황세은은 화려한 나비가 되었다.

다만 걱정스러운 것은 아직도 몸속에 잠재되어 있는 마기였다. 도가(道家) 최고의 내공심법인 순양무극공(純陽無極功)을 연공하고 있었지만 마기는 쉬이 사라지지 않았다.

하긴 평생을 천무백과 함께해 온 마기이다. 애초에 없어졌다면 모를까 몸 안에 잠재된 이상 쉽게 사라질 기운이 아니었다.

늙은이의 늘어난 걱정을 대변하는 긴 한숨을 쉬던 황인하는 깜짝 놀랐다.

황세은의 머리 위에서 아지랑이 같은 게 피어오르고 있었다. 보일 듯 말 듯한 그것은 한참을 어른거리다가 황세은의 콧속으로 서서히 빨려들어 갔다.

'허허! 내공이 벌써 노화순청(爐火純靑)의 경지에 이르렀단 말인가?'

그가 곁에서 물심양면으로 도와주기는 했지만 범인으로서는 상상할 수 없는 빠른 성취였다.

하지만 내공뿐 무공 초식은 전수하지 않았다. 황인하는 되도록 황세은이 무림과는 동떨어진 삶을 살기를 바랐다.

그것이 영원히 천무백을 잊게 만드는 가장 좋은 길이었다.

'내 바람대로 살게 되려나?'

언젠가는 황세은도 세상에 나가게 될 것이다. 황인하는 그 시간이 얼마 남지 않았음을 알고 있었다.

'백스물다섯 해면 너무 오래 산 거지.'

눈을 뜬 황세은이 그를 보고 활짝 웃었다. 눈에 넣어도 아프지 않을 손자 녀석이다.

第三章　외출(外出)

황세은은 조심스럽게 문을 열었다. 잠귀 밝은 황인하는 조그만 기척에도 잠에서 깰 것이다.

황인하의 방문을 살피면서 조심스럽게 대청을 가로질러 달빛이 드리운 마당에 발을 들여놓았다.

오솔길을 한참 밟은 후에야 황세은은 참았던 숨을 토해냈다. 밤의 숲을 가고 있지만 전혀 무섭지 않았다. 그보다는 처음 발을 딛는 낯선 세상이 마냥 설레기만 했다.

황인하가 위험하다고 한 천수팔괘진은 통과할 준비가 완벽하게 끝났다. 지난 한 달 동안 밤잠을 설치면서 이룬 결과였다.

빨간 실 밑을 통과해서 익숙한 걸음을 내딛었다. 마치 취객처럼 그의 걸음은 연신 갈 지(之) 자 행보를 이어갔다.

이 진이라는 것은 재미있어서 눈에 훤히 보이는 길은 길이 아니고, 돌고 돌아야만 비로소 눈앞에 뒀던 공간에 당도할 수 있었다.

그래서 진을 통과하는 데 반 시진을 소비해야 했다. 진의 마지막 바깥쪽까지 다다른 황세은은 큰 숨을 들이쉰 후 발을 내디뎠다.

난생처음 좁은 숲을 벗어나 큰 세상으로 나오는 첫 발이다.

그곳은 여전히 숲이었고 사는 집의 주변과 별반 다를 것이 없었다. 하지만 폐에 들어오는 대기의 기운이 다른 것처럼 느껴졌다.

몇 걸음을 옮기던 황세은은 커다란 바위 앞에서 멈췄다 막상 나오기는 했지만 딱히 갈 곳을 정해놓은 것은 아니었다.

세상에 처음 나왔으니 아는 사람이 있을 리도 만무하다. 좋았던 기분은 잠시였고 막막함이 찾아왔다.

'그만 돌아갈까?

하지만 이대로 몸을 돌리기에는 왠지 억울했다. 최소한 그와 황인하 외에 다른 어떤 사람이라도 보고 싶었다.

"산 아래에 가면 다른 사람들도 살고 있단다."

세상에 우리 둘밖에 없느냐는 황세은의 물음에 황인하가
했던 답이다. 그래서 목적지는 산 아래로 잡았다.
울창한 숲에 가려 희미한 달빛만이 화살처럼 들어왔지만
길을 가는 데 지장은 없었다. 어렸을 때부터 어둠에 구애받지
않는 시력을 가진 덕분이다.
잡초와 나무가 울창한 숲을 한참 내려가자 비로소 사람이
다닐 만한 좁은 길이 나왔다.
편한 길이었기에 황세은은 달음질을 쳤다. 상쾌한 바람이
귓전을 때렸고, 얼굴에 부딪치는 벌레의 감촉조차 싫지 않았
다.
이것이 세상이 그를 맞이하는 느낌이었다.
황세은은 온통 바위로 이루어진 좁은 길 초입에서 걸음을
멈췄다. 이 장 저쪽에는 절벽이 놓여 있었다. 그의 걸음은 절
벽 바로 앞에서 멈췄다.
멀리 불빛이 보였다. 여름날의 반딧불처럼 옹기종기 모인
불빛. 저곳은 사람들이 살고 있는 마을이다.
'어느 정도 걸릴까?'
거리를 가늠하기가 힘들었다. 한 시진일 수도 있고 그보다
세 배쯤 걸릴지도 모른다. 어쩌면 길을 잃고 찾지 못할 수도

있었다.

한참 동안 동경 어린 시선으로 불빛을 보던 황세은은 발길을 돌렸다. 어차피 오늘은 왕복하기에는 늦어버렸다. 저곳을 갔다가 황인하가 깨기 전에 돌아오려면 더 일찍 출발해야 한다.

'내일은 초저녁에 나와야겠네.'

*　　*　　*

한숨도 자지 않았지만 전혀 피곤하지 않았다. 두 시진쯤 운기행공을 하면 숙면을 취한 것만큼이나 몸이 가뿐했다.

하지만 황세은은 짐짓 아픈 표정을 지었다.

"할아버지, 오늘은 일찍 들어가서 쉬어야겠어."

"어디 아픈 게냐?"

"아까 무슨 열매 같은 걸 먹었는데 속도 안 좋고 머리도 아프고 그래."

"어디 할아비가 한번 보자."

사양했지만 황인하는 억지로 손을 끌어당겨 진맥을 했다.

"특별히 이상한 곳은 없는 것 같은데?"

"별것 아니야. 할아버지한테 의술을 배운 지가 몇 년인데 내 몸을 모르겠어? 어쩌면 감기일 수도 있고. 어쨌든 오늘은 일찍 들어가서 잘게."

"그래. 푹 쉬어라."

황인하를 걱정시키는 게 미안하기는 했지만 세상에 대한 열망이 죄책감보다 컸다.

이불 밑에 옷가지를 넣어 불룩하게 만든 후 밖의 기척을 살폈다. 반 시진 전에 방으로 들어간 황인하는 나올 기미가 보이지 않았다.

문고리를 잡던 황세은은 자신의 이마를 때렸다.

"멍청이! 굳이 문으로 나갈 필요 없잖아."

그가 충분히 통과할 수 있는 창문이 마당을 향해 나 있었다. 사라지기 시작하는 태양의 잔재를 밟으며 오솔길을 냅다 달렸다.

진은 어제보다 훨씬 빨리 통과했고 산을 내려가는 속도도 빨랐다. 단숨에 어제 왔던 곳까지 다다른 황세은은 가야 할 곳을 보았다.

아직 어둠이 완전히 덮이지 않아 불빛은 띄엄띄엄 밝혀져 있었다.

"동쪽으로 쭉 가면 되는 거지?"

서둘러 협곡을 내려갔다. 경사도 심했고 어떤 곳은 삼 장 높이의 절벽 같은 곳도 있었지만 황세은은 다람쥐처럼 날렵하게 협곡을 통과했다.

올라올 때 고생 좀 하겠다는 생각이 들었지만 내려가는 발길은 여간 가볍지 않았다.

산을 내려가면서 다른 이 몇 명쯤 만날지도 모른다는 기대를 했지만, 초입에 다다를 때까지 눈에 띄는 사람이 없었다.

황세은은 한 번도 쉬지 않고 내려온 대파산(大巴山)을 올려다봤다. 내려올 때는 몰랐는데 꽤나 험하고 높은 산이었다.

"내가 사는 산이 이렇게 생겼구나."

거대한 산을 앞에 두고 있자니 마음이 한 뼘은 커진 것 같았다. 잠시의 감상을 뒤로하고 황세은은 구불구불한 길을 내달렸다.

양쪽으로 말로만 듣던 논이며 밭이 스쳐 갔다. 어둠이 짙어진 탓에 일을 하는 사람들은 보이지 않았다.

띄엄띄엄 인가의 불빛이 비쳤지만 그냥 스쳐 지났다. 그가 원하는 건 한두 사람 사는 곳이 아니라 많은 사람들이 있는 커다란 마을이었다.

길가에 늘어선 경작지를 거치고 내를 건너 대로로 들어섰다. 근 한 시진을 쉬지 않고 달린 탓에 숨이 턱까지 차올랐다. 산에서부터 이어진 걸음이니 힘든 건 당연했다.

그렇게 달려온 끝에 황세은은 입가에 웃음을 머금었다. 저 멀리 이백 장쯤 떨어진 곳에 군락을 이룬 불빛이 보였다.

드디어 마을이다.

*　　*　　*

　"장 어르신, 이번만 외상으로 해주세요. 오늘 벌어서 꼭 갚을게요."

　왕서연(王瑞然)의 부탁에도 인색한 장구방(張九方)은 단호하게 고개를 저었다.

　"창기 따위의 약속을 어찌 믿는단 말이냐? 집에 보낼 서신을 쓰고 싶거든 돈을 가져와라. 이놈의 벌레들은 오늘 따라 왜 이리 극성이야!"

　벌레를 쫓는 듯 손을 흔들었지만 실은 그녀를 쫓는 것이었다.

　왕서연은 울컥 서러워졌다. 이곳 홍락가(紅樂街)의 여인들은 대부분 글을 모른다. 학당에 다닐 정도로 집안이 넉넉했으면 애초에 창기가 되지도 않았을 것이다.

　그리고 고향에서 몸을 팔 수는 없는 탓에 타향살이를 하는 서글픈 인생들이었다.

　그래도 가끔은 고향의 집에 서신을 보내야 했기에 서신을 대신 써줄 사람이 필요했다.

　남의 서신을 써주는 것을 업으로 하는 사람이 장구방 같은 대필인(代筆人)이었다. 한 통의 서신에 오십 문이라는 싸지 않는 값이지만 선택의 여지가 없었다.

장구방의 아들이 이곳 홍락가를 담당하는 건달인 탓에 싼 값에 대필을 해주는 대필인은 근처에 발붙일 엄두도 내지 못했다.

"길게 쓰지 않을게요. 딱 세 줄이면 돼요."

하지만 그녀의 애원은 매몰찬 손짓에 묻혀 버렸다. 힘없이 돌아선 그녀는 걸음을 옮기려다 말고 깜짝 놀라서 멈췄다.

웬 여인이 앞을 막고 서 있었다. 그런데 옷차림을 보니 남자 같기도 했다. 남녀를 구분하기 힘들 정도로 그, 혹은 그녀는 곱게 생겼다.

"제게 무슨 볼일이라도……?"

"응? 아, 아니. 그냥 무슨 일인지 보려고."

음성을 들으니 아직 완숙하지는 않았지만 사내가 분명한 그는 황급히 비켜섰다.

'사내 녀석이 참 예쁘게도 생겼네.'

그런 생각을 하며 지나치려다 괜한 참견을 했다.

"이런 곳에 오기에는 좀 어린 것 같은데… 요?"

"이런 곳이 어떤 곳인데?"

어리둥절한 표정은 정말 모르는 것 같았다. 하긴 집안에서만 곱게 자랐다면 나이가 어리니 모를 수도 있었다.

옷은 수수했지만 귀태가 흐르는 용모는 있는 집 자식이라는 걸 말해주었다. 거기다 자연스러운 하대는 평소의 생활을 말해주는 것이다.

"아, 아니에요."

그냥 지나치려는데 이번에는 그가 왕서연을 잡았다.

"저기, 혹시 지금 집에 보낼 서신을 쓰려고 했던 거야?"

"네."

"직접 쓰면 되잖아?"

"전… 글을 몰라요."

그가 고개를 갸웃했다.

"글을 모르는 사람도 있나? 뭐, 어쨌든 정 원하면 내가 써줄게. 붓하고 종이는 있지?"

물론 구할 수 있었다.

"하지만 당장은 돈을 드릴 수가 없는데요?"

"돈 같은 건 필요 없어. 아! 먼저 자기소개를 해야 한다고 했지! 난 황세은이야."

왕서연도 자신의 이름을 말해주고 환하게 웃음을 지었다. 보아하니 그녀에게 다른 마음을 품고 접근하는 것 같지는 않았다. 하긴 귀하게 생긴 도련님이 하찮은 창기에게 뜯어먹을 게 뭐가 있겠는가?

그들이 함께 가려는데 뒤에서 장구방이 버럭 고함을 질렀다.

"어린놈이 여기가 어디라고 함부로 기어들어 와서 남의 영업을 방해해!"

고개를 돌리자 소매를 걷으며 다가오는 장구방이 보였다. 황세은은 영문을 모르겠다는 얼굴로 왕서연을 보았다.

"뭐가 잘못된 거야?"

장구방이 화를 내는 건 어찌 보면 당연한 것이었는데, 그걸 모른다면 황세은은 그야말로 백면서생이었다.

"오늘만 좀 봐주세요."

그녀가 부탁을 했지만 장구방은 막무가내였다. 여차하면 황세은을 칠 기세였다.

"내가 쓰는 글이고 여기 소저가 붓과 종이를 대니까 당신이 손해나는 게 없는데 왜 화를 내는 거지?"

"내 손님을 뺏어가는 것이지 않느냐!"

"돈을 못 줘서 서시도 써주지 않으니 손님이라고 볼 수도 없잖아?"

말이야 맞는 말이었다. 장구방은 할 말이 궁색해지자 단골이었다는 둥 미래의 고객이라는 둥 하며 목소리를 높였다.

소란이 일자 손님을 받지 못한 창기들이 하나둘 모여들어 구경을 하기 시작했다.

"어머! 저 도련님, 정말 예쁘게 생겼네."

"한 이 년만 지나면 계집년들 아랫도리 후들후들하겠네."

“도련님, 아직 첫날밤 전이면 내 치마폭으로 들어오지 않으려우? 오늘은 내 특별히 무료 봉사할 테니까!”

여인들의 깔깔거리는 웃음이 터져 나왔다.

“이년들아! 시끄러!”

장구방의 외침에 여인들은 입을 다물었다. 저까짓 중늙은이야 무서울 게 뭐 있겠는가마는, 뒤에 버티고 선 아들 장도칠(張道七)의 그림자가 꽤나 짙었다.

“네놈은 당장 꺼져서 다시는 얼씬도 하지 마!”

황세은은 멀뚱한 표정만 짓고 있다가 왕서연의 손을 잡고 돌아섰다.

“가자.”

“이, 이놈아! 어딜 가는 것이냐!”

“가라며?”

“가면 너 혼자 집으로 가야지!”

“이상한 사람이네. 남이야 어딜 가든 자기가 무슨 상관이라고.”

“이런 싸가지 없는 놈! 아무래도 혼이 나야 정신을 차리겠구나!”

황세은은 얼굴도 곱상하고 몸매도 하늘하늘하니 장구방이 만만하게 볼 만했다.

하지만 보기와는 달랐다. 힘껏 휘두른 장구방의 주먹은 번

번이 빗나가 허공만 갈랐다.

황세은은 그저 살짝 움직이는 것만으로 용케 장구방의 공격을 피했다.

"이런 쥐새끼… 같은 놈!"

주먹 몇 번 휘두르지도 않았는데 숨찬 소리가 들렸고, 결국에는 혼자 다리가 꼬여 꼴사납게 넘어졌다.

"아이고! 이놈이 사람 치네!"

황세은이 왕서연의 팔을 끌며 속삭였다.

"아무래도 미친 영감 같아."

"킥킥."

싸움이야 재미있었지만 장구방 혼자 발광하는 건 눈살만 찌푸리게 했다.

여인들이 모두 물러가자 장구방은 벌떡 일어섰다.

"이놈이 감히 어르신을 가지고 놀았겠다. 어디 두고 봐라."

장구방이 홍락가의 골목을 벗어날 무렵 황세은은 붓과 종이를 앞에 두고 앉았다.

"흠. 질이 별로네."

"여, 여기에는 이런 것들밖에 없어요."

"아이구! 개 꼬리에도 대충 먹물 찍어서 쓰면 써지는 게 글씨인데 좋고 나쁜 게 어디 있수?"

그녀에게 붓과 종이를 빌려 준 하수청(河受靑)이 걸걸한 목소리로 말했다. 홍락가의 포주 중에서 그녀만큼 마음씨 좋은 포주도 없었기에 부탁이 있을 때면 가끔 찾아오고는 했다.

"그래, 아줌마 말이 맞아. 아줌마라고 부르는 거 맞지?"

"이왕이면 소저라고 해주시지요, 도련님."

"알았어, 소저."

까르르 웃음이 터졌다.

붓에 먹을 듬뿍 찍은 황세은이 왕서연의 말을 받아 적기 시작했다.

장구방은 쓰는 것이 느려 중간에 천천히 하라고 타박을 줬는데 황세은의 붓놀림에는 거침이 없었다.

미안해서 짧게 쓰려고 했지만 부모님께 하고 싶은 말이 많아 서신은 점점 길어졌다. 하지만 황세은은 싫은 기색 없이 열심히 붓만 놀렸다.

일각 남짓 만에 종이는 여백 없이 꽉 채워졌다.

"하고 싶은 말 다 한 거야?"

"네."

"그런데 이 서신은 누가 전해주지?"

"신객(信客)이라고 서신을 전해주는 사람이 따로 있어요."

옆에서 잠자코 보고 있던 하수청이 감탄사를 터뜨렸다.

"야! 글씨 죽이네!"

“이모는 글도 모르잖아요?”

하수청이 아는 건 손에 꼽을 만큼 적은 글자와 장부에 적을 숫자뿐이었다.

“이것아! 그래도 어깨너머로 본 글이 수백, 수천 장은 될 거다. 척 보면 견적이 나온다 이 말씀이야.”

서신을 눈앞으로 올린 하수청이 연신 고개를 끄덕였다.

“명필이야, 명필! 내 것도 하나 써주시오.”

“이모도 참. 도련님 피곤하실 텐데.”

“어쭈! 이년이 제 서방도 아닌데 벌써부터 감싸네.”

“서, 서방이라니… 도련님 기분 나쁘게…….”

이 년의 홍락가 생활에서 모진 풍파를 다 겪어서 감정이 모두 마모된 줄 알았는데, 이상하게 얼굴이 붉어졌다.

“알았어. 소저 것도 써줄게. 이름이 하수청이라고 했으니까 하 수저라고 부르는 게 맞지?”

“호호호! 총기도 좋으시고 여자 마음도 잘 아시고. 도련님은 나중에 크게 되실 거요.”

하수청도 고향에 있는 노모에게 쓰는 서신이었다. 평소 남자처럼 괄괄한 성격의 그녀였지만 서신 중간쯤에는 목이 메어서 말을 잇지 못했다.

하수청이 큰 한숨으로 감정을 누르고 다시 구술을 하려고 할 때였다.

"어린놈, 여기 있느냐!"

왕서연은 깜짝 놀랐다. 망신을 당하고 간 장구방의 목소리인데, 보나마나 장도칠을 데려왔을 것이다.

"이모! 여기 뒷문이 어디예요?"

사연을 이미 들은 터라 하수청은 황세은의 팔을 잡고 일어섰다.

"어서 나를 따라오슈."

그런데 황세은은 꿈쩍도 하지 않았다.

"죄 지은 게 없는데 왜 도망가?"

"객기 부리지 마시오. 그러다 봉변당하면 도련님만 손해니까."

"공자님께서 말씀하시기를, 하늘에 부끄럽지 않으면 밤에 누가 문을 두드려도 두려워할 필요가 없다고 했어. 그런데 이럴 때 쓰는 말이 맞나? 어쨌든 난 죄가 없으니 도망가지도 않을 거야."

황세은은 두 사람이 말릴 사이도 없이 문을 열고 나가 버렸다.

"어? 저, 저런 겁없는 도련님 같으니라고."

그녀들도 서둘러 황세은의 뒤를 따랐다. 마당으로 나가자, 아니나 다를까, 장구방 옆에 떡 버티고 선 장도칠이 보였다.

커다란 덩치에 험악한 인상, 뺨에 길게 난 흉터는 건달로서

최고의 얼굴이었다.

"네놈이 아버님을 폭행한 그 꼬마냐?"

"때린 적 없는데?"

"저, 저놈이 당사자가 앞에 있는데 태연하게 거짓말을……!"

장도칠이 손을 들어 장구방의 말을 막았다.

"내가 해결할게요. 보아하니 어디 부잣집 자식 같은데."

말보다 주먹이 앞서는 장도칠이 장황하게 늘어놓는 건 돈을 뜯어낼 욕심이 분명했다.

"하고 싶은 말이 있으면 빨리 말해. 저기 하 소저의 서신을 쓰던 중이라서."

"푸하하하! 홍락가의 백돼지 신분이 하 소저로 껑충 뛰었구만!"

웃음은 금세 차가운 얼굴로 벼했다.

"폭행에 대한 벌은 받아야지? 어린 녀석이 벌써 불구가 되면 집에 계시는 부모님이 슬퍼……."

"나 부모 없어. 할아버지하고 살아."

"그, 그래? 뭐, 어쨌든 할아버지라도 슬퍼……."

"괜찮아. 할아버지는 모를 테니까. 몰래 나온 거라서 들키면 안 돼."

"이 싸가지 없는 자식이 어른 말하는데 꼬박꼬박 중간에 끼어들어……!"

"할 말 없으면 난 하던 일 마저 할게."

성질 급한 장도칠이 용케 오래 참았다.

"돈이고 지랄이고 넌 오늘 죽었어!"

장도칠의 주먹이 허공을 갈랐다. 그랬다. 그냥 허공만 갈랐다. 황세은은 장구방과 싸울 때처럼 그저 휘적휘적하는 걸음으로 잘도 피했다.

마당을 빙 돌며 피하다가 어느 순간 퍽! 하는 소리와 함께 어이쿠! 하는 비명이 터졌다.

깜짝 놀란 왕서연의 눈에 코를 잡고 주저앉는 장구방이 보였다. 황세은이 피한 장도칠의 주먹을 뒤에 서 있던 장구방이 맞은 것이다.

"아버지! 왜 거기 있는 거예요?"

"이, 이놈아, 난 원래 여기 있었다."

손가락 사이로 피가 줄줄 흘러내렸다. 뜻하지 않게 장구방을 때려 버린 장도칠은 화가 머리끝까지 났다.

"이 쥐새끼 같은 자식!"

하지만 분노가 동작을 더 빠르게 해주지는 못했다. 실랑이를 하다가 또 타격음이 들렸고, 이번에도 비명은 장구방의 것이었다.

장도칠의 발에 배를 맞은 장구방이 힘겹게 말을 뱉었다.

"이놈아, 아비를 때려죽일 셈이냐?"

두 번의 빗나간 타격이 장도칠을 멈추게 하지는 못했다.

퍽!

"이 후레자식아! 너 나한테 평소 감정 있었지!"

"아, 아버지, 그게 아니라……."

"아이고, 이빨이 세 개나 나갔네."

분노에 점령당한 장도칠은 온몸으로 황세은을 덮쳤다. 하지만 주먹이 맞추지 못했는데 몸을 던진다고 잡을 수 있는 황세은이 아니었다.

허공을 붕 날아서 장도칠을 기다리는 건 단단한 담벼락이었다. 쿵! 하는 소리와 함께 얼굴을 담벼락에 꼴아 박은 장도칠은 바닥에 떨어졌다.

안면을 흐른 피가 턱을 타고 흘러내렸다. 황세은은 그런 장도칠이 엉덩이를 발로 툭 쳤다.

"빨리 아버지 모시고 의원에 가봐. 내가 고쳐 줘도 되지만 바쁘기도 하고, 고쳐 주고 싶은 마음도 없고 그러네."

황세은은 아무렇지 않은 표정으로 다시 방으로 들어갔다. 놀란 하수청은 어찌어찌 서신을 완성시켰다.

붓을 놓은 황세은이 왕서연에게 말했다.

"요즘 몸이 안 좋지?"

"네? 그, 그걸 어찌 아셨어요?"

"조금만 움직여도 피곤하고, 소변은 자주 마렵고, 음식 섭취가 조금만 늦어도 죽을 것처럼 어지럽고."

"뭐, 뭐하는 분이세요?"

"그냥 사람. 어쨌든 왕 소저는 간이 안 좋은 거야. 지금 당장은 침도 약재도 없으니 내일 다시 올게. 늦기 전에 집에 가려면 서둘러야겠네."

그렇게 황세은은 휙 가버렸다. 남은 두 여인은 어리둥절한 얼굴로 황세은이 사라진 자리만 보고 있었다.

"어린 신선인가?"

*　　*　　*

"쿵쿵! 너 간이 안 좋으냐?"

황세은은 뜨끔했다. 황인하는 황세은이 달이고 있는 탕약의 냄새만 맡고도 무슨 약인지 알아냈다.

"트, 특별히 간이 안 좋은 건 아니고, 요즘 몸이 좀 무거운 것 같아서 보약이라도 먹으려고."

"너무 어릴 때부터 보약 먹으면 늙어서 약발 안 받는다."

"걱정 마. 그때그때 알아서 잘 조절할게."

앞으로 몇 번은 더 약을 만들어야 하니 먹지 않겠다고 대답할 수는 없었다.

황인하도 황세은의 의술이 어느 정도 경지에 오른 걸 알기에 약은 조심해서 써야 한다는 충고만 했다.

그날 오후에도 일찍 잔다는 핑계를 대고 집을 빠져나온 황세은은 한달음에 홍락가까지 갔다.

사람들과 어울리는 건 재미있었다. 특별히 즐거운 일이 없더라도 그냥 그 자체로 좋았다. 거기에 누군가를 돕는 일은 뭔가를 성취하는 것 같은 기쁨을 안겨줬다.

"하 소저! 나 왔어!"

왕서연의 집을 모르니 하수청의 집으로 찾아왔다. 방문이 벌컥 열리더니 하수청이 뛰어나왔다.

"어이구! 정말 오셨네!"

"온다고 했잖아."

늦게 나온 왕서연이 그를 향해 꾸벅 인사를 했다.

"어? 여기 있었네. 잘됐다."

방으로 들어간 황세은은 등에 멘 짐을 내려놓았다.

"그게 뭐래요?"

"왕 소저 약."

"정말 제 약을 지어오신 거예요? 돈이 많이 들었을 텐데."

"아니야. 집에 있는 약재 몇 가지 섞어서 만든 거야."

"직접이요?"

"헤헤! 할아버지한테는 내 보약이라고 거짓말했어. 할아버지보다 의술은 떨어지지만 그래도 좋아질 거야."

황세은은 탁자에 있는 그릇에 가져온 약을 따랐다. 검은색
약은 보기에도 썼다.

"맛은 없을 거야."

"약이니까 당연하죠."

그릇을 든 왕서연은 망설였다. 어제 처음 만난, 이제 겨우
열대여섯 살밖에 되지 않은 아이가 만든 약을 먹어도 될지 의
심스러웠다.

하지만 어제 잠깐 본 것뿐이지만 황세은에게는 뭔가 특별
한 점이 있었다. 자연스럽게 믿음을 주는 힘 같은 것이었다.

그래서 망설임은 잠깐이었고, 탕약은 곧 입안으로 들어갔
다.

몸에 좋은 약이 입에 쓰다더니 정말 썼다. 네 번에 나눠서
야 겨우 다 마실 수 있었다. 그런 그녀에게 황세은이 설익은
파란 대추를 내밀었다.

"이제 침 맞을 차례야."

"치, 침이요?"

가느다란 바늘이 몸에 들어간다는 생각만으로 살이 떨렸
다.

"하나도 안 아파. 그냥 손에만 몇 개 놓을 거야."

황세은은 그녀의 양쪽 손에 모두 열여섯 개의 침을 꽂았다.

손바닥과 손가락 끝에 고루 꽂힌 침은 황세은의 장담대로 통증이 없었다.

하수청이 물었다.

"그런데 도련님은 어디 사시우? 보아하니 저잣거리 곽 의원 손자도 아니신 것 같은데."

"대파산."

"산에 사신다고요?"

"응. 하지만 자세한 곳은 묻지 마. 알려주면 할아버지한테 혼날지도 몰라."

분위기가 묘하게 신비로운 조손(祖孫)이었다. 그래서 하수청이 농담 삼아 말했다.

"할아버지가 신선쯤 되시나 봐요?"

잠깐 생각하던 황세은이 고개를 끄덕였다.

"그럴지도 몰라, 어쩔 때는 손도 안 대고 물건을 옮기기도 하니까."

"저, 정말이오?"

"응. 움직이기 귀찮을 때는 그렇게 하기도 해."

하수청과 왕서연은 입이 떡 벌어졌다. 또래의 아이가 그런 말을 하면 웃어넘기겠지만 황세은은 달랐다.

저 나이에 장도칠을 물리친 것 하며 아직 증명되지는 않았지만 의술까지 갖추고 있으니 확실히 보통 소년은 아니었다.

　그런 황세은이 굳이 그들에게 거짓말을 할 이유가 없었다.
그리고 세상의 쓴맛 단맛 다 본 그녀들의 눈에 비친 황세은의
표정은 절대 거짓말이 아니었다.
　'정말 신선의 손자로구나!'

＊　　　＊　　　＊

　"뭐야? 왜 그걸 여태까지 말 안 했어?"
　회주(會主) 장두식(張頭識)의 질책에 장도칠은 계면쩍은 표
정으로 머리를 긁적였다.
　"쪽팔리잖아요."
　"이런 쓸모없는 새끼! 고작 열댓 살 먹은 어린애한테 맞고
다녀!"
　장두식은 주전자를 던지는 시늉은 했지만 세찬 콧김만 뿜
고 내려놓았다. 조카만 아니었으면 주전자가 아니라 의자가
날아갔을 것이다.
　"그놈 때문에 홍락가의 보호비를 못 걷는단 말이지?"
　"꼬마 놈이 얼마나 빠른지 도저히 잡을 수가 없더라고요.
거기다 아버지와 제 얼굴 보셨잖아요? 주먹도 그런 돌주먹이
없어요."
　자신의 손발로 장구방을 때리고 벽에 부딪쳐 코가 깨졌다

는 말은 도저히 할 수가 없었다.

"꼬마가 그 정도면 무공을 익혔단 소린데……."

장두식의 시선이 방구석으로 향했다. 벽과 벽이 만나는 구석의 그곳에는 변삼석(卞三晳)이 의자에 앉아 있었다.

원래는 화산파(華山派)의 속가제자였는데 사고를 크게 쳐서 파문을 당한 후 이리저리 떠돌다가 여기까지 오게 된 것이다.

외가 쪽의 먼 친척뻘이 아니었으면 그의 밑에서 밥을 먹을 일이 없는 진짜 무림인이었다.

"험! 변 아우, 자네 생각은 어떤가?"

변삼석의 인상이 찡그려졌다. 꼬마를 상대하라는 게 자존심이 상한 모양이다.

하지만 꼬마 하나를 상대로 흑사회(黑社會) 건달들이 우르르 달려드는 것도 모양이 우스웠고, 한둘 보냈다가 또 얻어터지면 체면이 뭉텅 깎이게 될 것이다.

그러니 확실한 사람이 가서 응징을 하는 게 가장 좋았다.

인상을 긁기는 했지만 변삼석은 게으른 곰처럼 일어났다.

"밥값은 해야지."

* * *

"줄을 서라니까요! 아줌마! 거기 새치기하시면 어떡해요! 한 시진 전부터 기다리던 분들도 계시는데!"

왕서연이 관리를 해야 할 정도로 황세은의 앞에는 긴 줄이 만들어져 있었다.

황세은이 본격적으로 대필을 한 지 열흘이 지났다. 하지만 책상 앞에 선 사람들 모두가 대필자를 찾는 건 아니었다.

—도련님이 신선의 손자래요!

왕서연과 하수청이 퍼뜨린 소문은 삽시간에 퍼져 나갔다. 많은 사람들이 웃어넘기는 소문이었지만, 또한 많은 사람들이 믿는 이유가 있었다.

왕서연의 병이 크게 나아진 것이다. 이 동네에서 실력이 가장 좋기로 소문난 곽 의원마저 고칠 수 없다고 고개를 저었던 그녀의 병이다.

그런데 황세은은 닷새 만에 그녀의 증상을 상당히 호전시켰다. 물론 완치가 되려면 아직 시간이 필요하지만, 황세은이 보여준 능력이 그런 소문을 믿게 만들었다.

또한 의지가 약한 사람들은 언제나 초자연적인 무엇에 기대고 싶게 마련이다.

덜렁 하나 있는 동상 앞에도 돈을 던지는데 살아 있는 신선의 손자에게 사람들이 몰리지 않을 까닭이 없었다.

"웅? 그저 가화만사성(家和萬事成) 다섯 글자만 써달라고?"

비단으로 만든 옷으로 보아 꽤 사는 집의 중년 여인이다. 아마 홍락가 같은 거리는 난생처음 왔을 것이다. 그래서인지 주위를 보는 시선이 꽤나 불편했다.

"네. 그래주실 수 있겠어요?"

"그러지, 뭐."

여인은 옆에 있는 초로의 하인에게 종이 두루마리를 받아 책상 위에 길게 펼쳤다. 하지만 서신을 쓰기 위한 책상이니 면적이 좁을 수밖에 없었다.

"이런 글은 원래 한 번에 써야 하는데……."

황세은은 일어나더니 의자와 책상을 치우고 땅바닥에 종이를 펼쳤다.

두툼한 붓에 먹물을 잔뜩 묻힌 황세으우 일필휘지(一筆揮之)로 다섯 글자를 단숨에 썼다.

첫 글자와 마지막 글자의 먹물의 농도가 거의 일치하는 건 붓을 다루는 솜씨가 경지에 이르렀다는 뜻이다.

그걸 아는 중년 미부는 '역시'라는 생각을 하며 고개를 끄덕였다. 신선의 손자가 아니고서는 저 나이에 저런 글씨를 쓰는 건 불가능했다.

남들은 미신이라고 했지만 자신의 믿음이 옳았다는 생각

에 마음이 흡족했다.

"도련님, 감사합니다."

"뭘. 겨우 다섯 글자 가지고."

중년 미부는 주머니 하나를 조심스럽게 책상 위에 올려놓고 갔다. 그것을 열어본 왕서연이 깜짝 놀랐다. 주머니 안에는 은자가 물경 열 냥이나 들어 있었다.

황세은이 대필을 해주는 값은 따로 정해져 있지 않았다. 한 푼도 좋고 한 냥도 좋고, 사정이 여의치 않으면 돈을 안 내도 무방하다.

그럼에도 황세은이 신선의 손자라고 믿는 사람들은 기꺼이 돈을 냈고, 열 냥은 지금까지 받은 돈 중 최고의 값이었다.

이곳에 드나들며 돈의 가치를 어렴풋이 알게 되기는 했지만 그래도 덤덤했다.

"좋은 약재를 살 수 있으니 잘됐네."

보약이라고 속이는 것도 계속할 수 없는 노릇이었다. 거기다 며칠 전부터 다른 여인들의 병까지 봐주는 탓에 약재가 제법 많이 들어갔다.

다시 대필을 하려고 붓을 잡는데 줄을 선 사람들 사이에서 소요가 일어났다.

"비켜라! 저리 꺼지란 말이다!"

익숙한 목소리였다. 역시 길게 늘어선 줄을 흐트러뜨리며 나타난 자는 장도칠이었다.

하지만 혼자 나타나지 않았고, 함께 온 중년인을 보는 순간 황세은은 머리가 쭈뼛 서는 느낌을 받았다.

'이 느낌은 뭐지?

마치 위험하니 피하라는 신호 같았다.

"흐흐흐, 꼬마야, 그동안 대필해서 돈 많이 벌었느냐?"

황세은은 바로 코앞에 있는 장도칠은 아랑곳하지 않고 중년인에게만 시선을 두고 있었다.

날카로운 눈매를 가진 사내에게서는 뭔가 허무한 냄새가 풍겼다.

"꼬마 놈아, 오늘이 네 제삿날… 윽!"

중년 사내가 머리를 미는 바람에 장도칠은 옆으로 비칠비칠 밀려났다.

"나 변삼석이라고 한다. 네 사부님 함자는 어떻게 되시느냐?"

"사부? 없는데?"

"이 도련님은 신선님의 손자예요!"

왕서연의 말에 변삼석은 그저 눈살을 찌푸렸다.

"그냥 어린 사기꾼이냐?"

황세은은 어깨를 으쓱할 뿐이었다. 잠시 그런 황세은을 보던 변삼석이 말했다.

“나도 부탁 받은 게 있어서 그냥 돌아갈 수는 없다. 그러니 앞으로 이 근처에 얼씬도 하지 않겠다는 약조를 하면 그냥 보내주겠다.”

이곳은 황세은이 아는 유일한 세상이다. 그런 곳에 발을 들여놓지 말라는 건 들어줄 수 없는 조건이었다.

“싫은데.”

싸악―!

검은 빨랐다. 그리고 강해서 황세은 앞에 있는 탁자를 두 동강이 내서 주저앉혔는데, 고작 풀잎 베는 소리밖에 나지 않았다.

황세은은 자리에서 일어섰다. 사내는 강하다. 자신의 움직임이 빠르기는 하지만 아마 상대가 되지 않을 것이다.

이상하게 그걸 본능적으로 알 수 있었다. 하지만 물러나기는 싫었다.

“도련님! 혼쭐을 내주세요!”

왕서연이 남의 속도 모르고 소리쳤다.

검끝은 정확히 황세은의 미간을 겨눴다. 검에서 뿜어진 기세가 미간을 바늘로 찌르는 것 같은 느낌을 전해줬다.

검을 겨누고 있는 변삼석도 내심 당황스럽기는 마찬가지였다. 상대는 고작 어린아이일 뿐이다.

엉덩이를 몇 대 때려서 쫓아버리면 그만이다. 그런데 그를 보는 황세은의 서늘한 눈빛이 자신도 모르게 검을 뽑게 만들었다.

'뭔가 있어.'

있기는 한데 그게 뭔지 알 수가 없었다.

한 사람은 검을 겨누고 또 한 사람은 그런 자를 뚫어지게 노려보는 상황이 이어졌다. 움직임이 없는데도 그들이 일으키는 기세는 구경하는 사람들의 목젖까지 일렁이게 했다.

변삼석이 먼저 움직였다. 자신을 노려보는 황세은의 눈빛을 더 이상 참을 수가 없어서였다.

발끝으로 땅을 차자 지면에 붙은 듯이 날아가는 그의 몸은 순식간에 둘 사이의 공간을 사라지게 만들었다.

황세은은 몸을 뒤로 젖혀서 가슴을 찔러오는 검을 피했다. 서늘한 느낌이 얼굴을 스치고 지나갔다.

정말 죽을 수도 있다는 생각이 들었다. 그런데 이상하게 두려움은 없었다.

검은 쉴 새 없이 찌르고 베기를 이어갔다. 눈으로 좇을 수 없을 만큼 현란한 움직임에 눈보다 몸이 먼저 반응했다.

하지만 피할 뿐 반격은 엄두도 내지 못했다. 피하는 건 본능이지만 공격은 수련이다. 그는 한 번도 남을 때리는 연습을 하지 않았다.

그러니 변삼석이 지칠 때까지 피하는 수밖에 없었다.

찌익―!

어깨의 옷이 찢기면서 피가 튀었다. 화끈한 통증과 붉은 피 때문일 것이다.

마치 번개가 관통한 듯한 짜릿함이 순간적으로 느껴졌다. 그런데 다음 공격을 하려고 달려들던 변삼석이 주춤 뒤로 물러섰다.

'뭐지?'

변삼석은 아주 짧은 순간 나타났다 사라진 붉은 눈을 보았다. 착각이 아니었다. 황세은의 눈은 붉은 야광주를 품은 것처럼 그렇게 빛났었다.

고작 눈이 붉어졌다고 두려움을 느낄 변삼석이 아니다. 눈이 붉어지는 순간 나타난 황세은의 기운이 절로 몸을 굳어지게 만들었다.

그것은 분명 마기 같은 것이었다. 마공을 극성으로 익혀야만 일으킬 수 있는 그런 마기 말이다.

어린놈이 어떻게 저런 마기를 뿜어내는지는 알 수 없었다. 하지만 한 가지는 확실했다.

'여기서 죽여야 한다! 아니면 훗날 내가 저놈에게 죽을지도 모른다!'

살심을 품은 변삼석이 움직일 때 갑자기 누군가 황세은의 앞을 막아섰다.

“그만하세요!”

나아가던 기세를 가까스로 멈춘 검끝 앞에는 한 여인이 있었다. 양팔을 벌린 그녀는 부들부들 떨면서도 그의 검을 막아섰다.

“이, 이 정도면 충분하잖아요?”

“숙부님, 여기서 살인은 곤란합니다.”

장도칠도 그렇게 말했다. 하긴 무림이 아니다. 일반 백성을 둘이나 죽여 버리면 관에까지 쫓기게 되고 세상에 발붙일 곳이 없어질 것이다.

그럼에도 쉽게 검을 내리지 못하는 건 아까 봤던 황세은의 눈 때문이었다.

몸이 절로 오싹해졌던 그 붉은 눈.

죽여야 하는데 상황은 그의 살인을 용납하지 않았다. 결국 검은 느리게 검집으로 들어갔다.

‘기회가 또 오겠지.’

변삼석은 일단 물러나기로 했다. 그리고 돌아서면서 다음 기회보다는 차라리 황세은을 평생 만나지 않기를 바랐다.

적안(赤眼)이 나타나던 그 순간을 떠올리니 소름이 돋았다.

“뭐야? 신선의 손자가 사람 하나 못 이겨?”

“내 그럴 줄 알았지. 세상에 신선이 어디 있고, 설사 신선이 있다고 쳐도 손자를 둘 리가 없잖아?”

세상의 인심은 언제나 이렇듯 금세 몰리고 그만큼 빨리 돌아서기도 한다.

뿔뿔이 흩어지고 남은 이는 셋뿐이었다.

"도련님, 어깨는 좀 어떠세요?"

하수청은 상처를 살폈고 왕서연은 안타까운 시선으로 눈물을 참으려 애썼다.

황세은은 그저 활짝 웃었다.

"괜찮아. 아까는 정말 죽는 줄 알았는데 다행이야. 헤헤!"

왕서연이 힘겹게 입을 열었다.

"저희 집으로 가요. 상처는 치료해야죠."

"아냐. 집에 좋은 약 많아. 오늘은 이만 갈게."

그녀들을 향해 등을 돌린 황세은의 얼굴이 굳어졌다. 분했다. 패배가 이처럼 가슴을 쥐어뜯는 고통일 줄은 몰랐다.

"으아아아―!"

인적이 없는 산속에 들어와서야 황세은은 분노에 찬 외침을 토해냈다. 가슴이 뻥 뚫리면 좋으련만 그리 시원해지지가 않았다.

집에 돌아온 황세은은 상처를 치료한 후 침대에 누웠다. 그리고 아까의 싸움을 복기했다.

머릿속에 마치 제삼자가 본 것처럼 두 사람의 움직임이 선명하게 그려졌다.

*　　*　　*

"허억!"

잠에서 깨어나면서 자신이 토한 비명을 똑똑히 들을 수 있었다. 이불을 꼭 쥔 변삼석의 손바닥은 축축했다.

황세은의 그 눈 때문이다. 본능을 관통한 그 눈이 붉은 안개 같은 괴물을 그의 꿈속으로 불러들였다.

'죽여야 했어. 오늘 그놈을 죽여야 했어.'

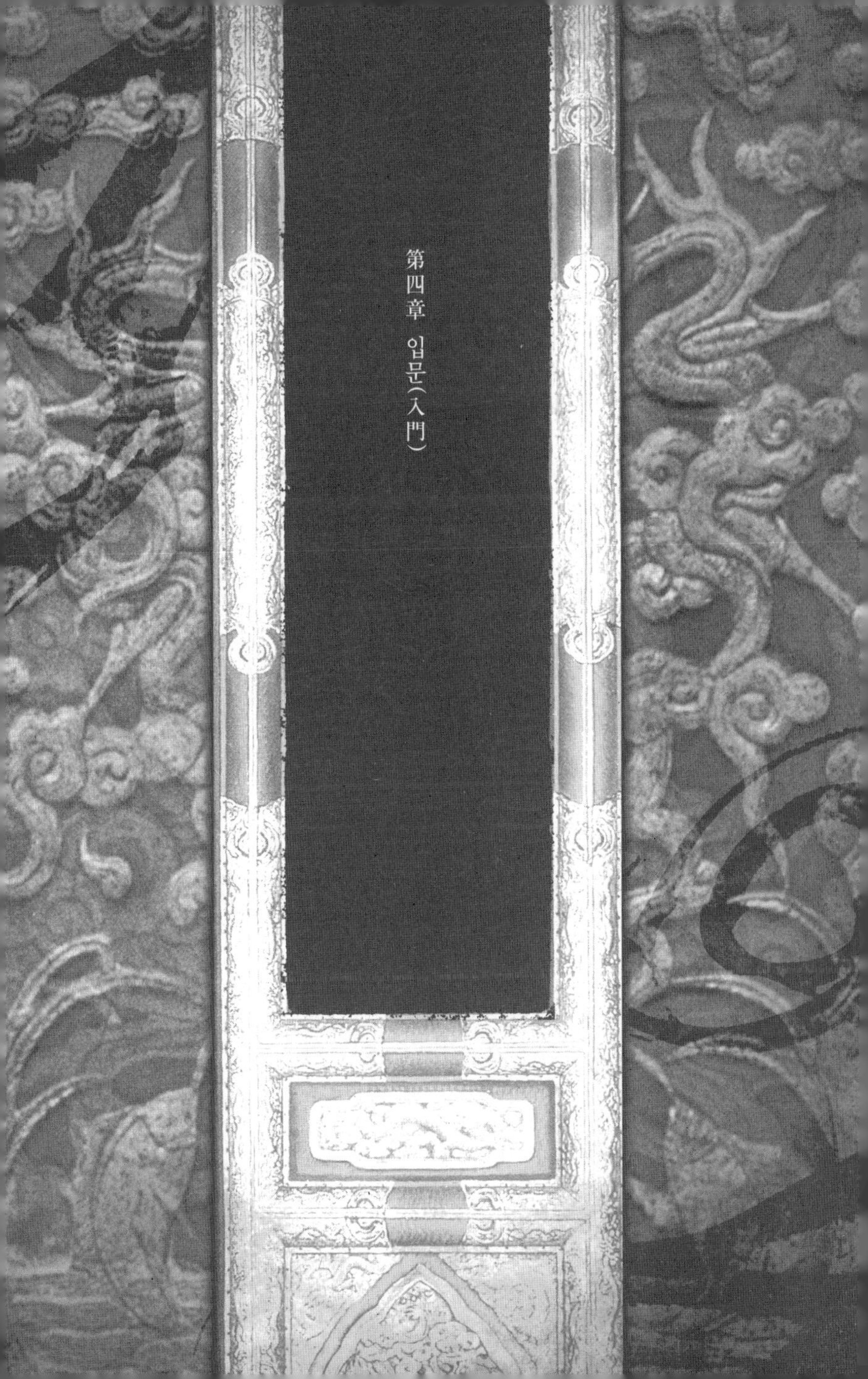
第四章 입문(入門)

破
天
魔

파천마

　황세은은 푹 고개를 숙였다. 침대 밑에 잘 감춰놨는데 황인하는 어떻게 알고 피 묻은 옷을 그의 앞에 던져 놓았다.

“어떻게 된 거냐?”

“그, 그냥 나뭇가지에 긁힌 것뿐이야.”

“옷 벗어라.”

“괜찮아. 내가 알아서 다 치료…….”

“벗으래도!”

　옷을 벗자 황인하는 팔에 감은 붕대를 풀었다. 굳기 시작한 피딱지가 떨어지며 아픔을 줬다.

“아! 살살해. 아파!”

“애초에 검에 베일 일은 하지 말았어야지!”

“내 잘못 아니야! 그 사람이 나타나서 막무가내… 읍!”

황급히 손으로 입을 막았지만 이미 뱉은 말을 주워 담을 수는 없었다.

“쯧쯧쯧, 인석아, 할아비가 너 밤에 몰래 나가는 걸 모르는 줄 아느냐?”

“어? 알고 있었어? 어떻게?”

황인하는 상처를 치료하며 말했다.

“세상에 숨 안 쉬고 자는 사람이 있다더냐?”

“내 방의 숨소리까지 들린단 말이야? 사람들이 말하는 것처럼 할아버지 정말 신선이야?”

“뭐라고?”

“할아버지 얘기를 조금 했더니 사람들이 신선이래. 그래서 난 졸지에 신선의 손자가 돼버렸지. 헤헤! 하지만…….”

황세은은 웃다가 금세 시무룩해졌다.

“그 사람한테 진 후로는 내가 거짓말쟁이라고 그랬어. 내가 할아버지를 신선이라고 한 것도 아닌데.”

“무슨 일이 있었는지 자세히 얘기해 보거라.”

황세은은 홍락가에서 일어난 일들을 조잘조잘 떠들었다. 사실 그동안 황인하에게 이런 얘기를 하고 싶은 걸 참느라 여간 고역이 아니었다.

울고 싶은데 뺨 맞은 격으로 이처럼 밝혀진 게 차라리 잘된 일이었다. 물론 혼은 나겠지만.

"검에 스쳤을 때 기분이 이상했단 말이냐? 그자를 죽이고 싶었느냐?"

"구체적으로 그런 기분이었는지는 모르겠어. 그냥 벼락을 맞은 것 같은……. 어휴! 뭐라고 표현해야 할지 나도 갑갑해."

황세은의 손을 잡은 황인하의 주름이 더욱 깊어졌다.

'마기가 불안정하다.'

지금까지 순양무극공이 마기를 잘 감싸고 있었는데 살기가 잠자던 마기를 깨워 버렸다. 검을 맞았을 때 순간적으로 격발된 것만은 아니었다.

"지금도 분하냐?"

"응. 난 잘못한 것도 없는데 죽을 뻔했잖아."

보통 아이 같으면 살아난 것에 안도했을 텐데, 황세은 안에는 아직도 마기와 함께 천무백의 기백이 남아 있었다.

분한 마음을 계속 가지고 있으면 마기는 더욱 강성해질 것이다. 가장 좋은 방법은 스스로 분노를 푸는 것이다.

'무공은 익히지 않기를 바랐건만.'

내색하지 않은 한숨을 쉰 황인하가 물었다.

"그자를 쓰러뜨릴 수 있는 방법을 알려줄까?"

"정말? 정말 그럴 수 있어?"

"허허허! 단지 쓰러뜨리는 것뿐이다. 절대 살심을 품으면 안 된다."

"응! 난 그저 홍락가에 다시 가고 싶을 뿐이야!"

그동안 황세은의 몸에서 은은한 분 냄새가 나는 걸 걱정했었다. 혹시 여자에게 빠져서 나쁜 길로 빠지지는 않을까 노심초사했는데, 사실을 알고 나니 기쁜 마음까지 들었다.

황세은은 스스로 나서서 어려운 사람들을 돕고 그들을 위해 싸우기까지 했다. 천무백에게서는 찾아볼 수 없었던 성정이다.

'반로환동이 양심까지 가져가지는 않았군.'

"할아버지! 어서 가르쳐 줘!"

"응? 그래, 쇠뿔도 단김에 빼랬다고, 나가자! 그런데 네가 봐준 그 아가씨 병은 고쳤느냐?"

"간이 안 좋은 거라 시간이 걸리겠지만 문제없어."

"허허! 간에 든 병은 특히 고치기 힘든데… 너 설마……!"

황세은이 뜨끔한 표정을 지었다.

"구지삼홍엽(九枝三紅葉)을 쓴 건 아니겠지?"

"그, 그거 많이 있잖아."

"많긴 뭐가 많아! 내가 그거 키우느라 사십 년 동안 얼마나 고생을 했는데!”

“에이, 그깟 풀보다야 사람 목숨이 훨씬 중요하잖아.”

“푸, 풀?”

세상에 기사회생의 영약은 열 손가락을 넘지 않는다. 그중에 하나가 구지삼홍엽이다. 거기에 내공까지 증진시켜 주는 약초를 꼽으라면 다섯 손가락으로 범위가 좁혀진다. 역시 구지삼홍엽은 그 안에 포함된다.

인세에 찾아보기 힘든 효력을 가진 약초를 꼽으라면 손가락 두 개가 다시 접힌다. 펴진 세 손가락 중 하나를 차지할 수 있는 게 구지삼홍엽이다.

즉, 돈으로 환산할 수 없을 만큼 어마어마한 보물이 구지삼홍엽이다. 그걸 창기의 병을 고치기 위헤 무상으로 헌납하다니!

아까움에 손을 부르르 떨던 황인하는 문득 헛웃음을 지었다.

‘이런, 이런! 이 나이가 되도록 물욕에서 못 벗어나다니. 허허허! 나이를 헛먹었군, 헛먹었어.’

황인하는 황세은의 머리를 쓰다듬었다.

“그래, 사람 목숨 한 명 구하는 것이 구층석탑을 쌓는 것보다 낫다고 부처님도 그러셨으니 잘했다.”

“그럼 또 써도 돼?”

“안 돼!”

아까운 건 아까운 거다.

“험! 일단 그 변삼석이라는 자가 펼친 무공을 기억하고 있다고 했지? 한번 보여 봐라.”

황세은은 마당에 있는 막대기를 주워 변삼석이 움직였던 동작을 만들었다. 단 세 번 움직였을 뿐인데 황인하가 말했다.

“화산파의 육합검(六合劍)이로구나.”

변삼석이 화산파의 문하라는 것에 놀랐다. 뒷골목이나 주름잡는 흑사회의 앞잡이라면 아마 파문을 당했을 것이다.

하지만 아무리 파문을 당했다고 해도 정파에 몸을 담았던 자이니 살인마일 가능성은 적었다. 어쩌면 본능적으로 황세은이 내뿜은 마기를 느꼈을지도 모른다.

‘일반 무림인이라면 두려움으로 치를 떨었겠지.’

살검을 펼칠 이유로 충분했다.

“어떻게 이길 수 있어?”

황인하는 황세은에게서 막대기를 넘겨받았다.

“내가 육합검법을 펼칠 테니 네가 어떻게 움직였는지 보자.”

황세은이 무공을 익힌 적은 없지만 몸이 얼마나 빠른지는 알아야 했다.

시익—!

막대기가 가슴 앞에서 멈췄다. 그런데 황세은은 꼼짝도 하지 않았다.

"피하지 않고 뭐하느냐?"

"이렇게 빠른 걸 어떻게 피해? 그리고 변삼석이 펼친 육합검은 훨씬 느렸단 말이야."

공력도 싣지 않았지만 역시 너무 빨랐다.

"느리게 하마. 나이가 마흔 초반쯤 됐다고 했지?"

아마 곧 이대제자로 올라갈 삼대제자 정도 될 것이다. 그래서 그 정도에 맞춰서 공격을 했다. 하지만 황세은은 이번에도 피하지 못했다.

"이것보다 훨씬 느렸어."

"그런 허접한 녀석에게 당했단 말이냐? 밖에 나가서 이 할아비 얼굴에 먹칠을 하는구나!"

"그럼 진작 무공이란 걸 가르쳐 줬어야지!"

"에휴—! 아니다. 무공이란 건 배워봤자 아무 가치도 없는 것이다. 그냥 그놈 이길 몇 수만 알려주마."

황세은이 무림과는 연이 닿지 않기를 바라고 또 바랐다.

황인하는 일행팔점보(一行八占步)라는 보법과 이화접목(移花接木)을 전수해 주었다. 둘 모두 도가의 무공이니 내공과 잘 조화를 이룰 것이다.

　이화접목은 상대방의 힘을 이용해 던지고 당기고 미는 수법이 전부이기에 변삼석의 무공이 하수만 벗어나도 크게 다치지는 않을 것이다.

　'앞으로 한 달은 꼼짝 않고 수련만 하겠군.'

　그동안 변삼석에 대한 분노가 사라지기를 바랐다. 하지만 황인하의 예상은 크게 빗나갔다.

　"할아버지! 다 익힌 것 같아!"

　사흘 만에 나온 말이다. 분명 수박 겉 핥기로 익힌 것이 분명했다.

　"인석아, 흉내만 내는 게 아니라 숨겨진 진의를 받아들여야지."

　잠시 생각하던 황세은이 말했다.

　"다 알 것 같은데?"

　"그래? 어디 한번 보자."

　황인하는 막대기를 쥐었다. 그리고 변삼석이 펼쳤을 육합검보다는 더 빠른 공격을 했다. 이번에도 처음과 같은 결과가 나올 것이라고 생각했다. 사흘이라는 기간은 무공의 냄새를 맡기에도 부족한 시간이다.

　그런데 막대기는 헛되이 허공만 갈랐다. 그리고 그림자처럼 소리없이, 그러나 빠르게 황세은이 다가왔다.

　깜짝 놀란 황인하는 황급히 뒤로 물러섰다. 빈 허공을 움켜

쥔 황세은이 버럭 소리를 질렀다.

"변삼석은 그렇게 빠르지 않단 말이야!"

황인하는 대꾸도 못하고 그저 멍하니 황세은만 보았다. 백년에 하나 나올까 말까 한 무재라고 칭송을 받았던 황인하나 천무백도 황세은처럼 빨리 무공을 익히지는 못했다.

비록 내공이 노화순청을 넘어섰다고는 하지만, 내공은 초식의 위력을 높일 뿐 익히는 속도를 빠르게 하지는 못한다.

마치 천무백이 고스란히 황세은 안에 들어 있는 것 같았다.

"할아버지, 왜 그래?"

"응? 아, 아니다. 그만하면 충분하겠구나."

"그렇지? 무공도 다 익혔으니… 지금 내려가도 돼? 왕 소저나 다른 사람들 병도 살펴야 하는데…….”

"그래. 하지만 조심하고 또 조심해야 한다. 겉으로 드러난 칼만 무서운 게 아니라 사람들의 마음속에 숨겨진 칼도…….”

황세은은 이미 나가 버렸다.

"녀석.”

황인하는 걱정스러웠다. 하지만 세상으로 나가는 황세은의 발길을 막을 수 없다는 걸 안다. 막아서도 안 된다.

평생 곁에 둘 수 있다면 모를까 그의 시간은 점점 마모되어 가고 있었다. 앞으로 몇 년 남지 않았다는 게 어렴풋이 보였다.

이렇게 조금씩 조금씩 황세은이 세상에 적응하는 것도 나쁘지 않았다.

"그런데 왜 하필이면 홍등가야!"

*   *   *

변삼석은 벽에 걸린 검을 잡았다. 황세은의 적안을 본 후부터 시작된 악몽은 지난밤까지 계속되었다. 이 악몽에서 벗어나는 가장 최선의 방법은 황세은을 죽이는 것이다.

"정말 그 꼬마를 죽이실 겁니까?"

그는 장도칠의 물음에 대꾸하지 않았다. 오늘 나타났으니 오늘 죽여야 한다. 이번에는 사흘간 종적을 감췄지만 다음에는 영영 나타나지 않을지도 모른다.

'평생 악몽에 시달릴 수는 없지.'

그는 한달음에 홍등가로 달려갔다. 황세은은 그때 그 자리에 그가 베었던 책상을 수리해 놓고 앉아 있었다.

그날처럼 많은 사람이 줄을 서 있지는 않았다. 그래서 사람들을 밀치지 않고도 가까이 갈 수 있었다.

그가 나타난 것을 느꼈는지 황세은은 움직이던 손을 멈추고 고개를 들었다. 두 사람의 눈길이 허공에서 얽혔다.

'그때와 다르다.'

사흘 전에는 그저 날카로웠다. 잔뜩 경계하는 맹수의 눈빛 같았다면 지금은 부드러웠다. 마치 변삼석은 자신에게 아무 위협도 되지 못한다는 것처럼.

"그, 그러게 여기 계시지 말랬잖아요."

그날 앞을 막아섰던 여인이 황세은의 옷자락을 잡고 금방이라도 울 것처럼 말했다.

"괜찮아. 할아버지가 이기는 방법을 알려줬어."

변삼석이 물었다.

"네 할아버지가 무기라도 주더냐?"

"아니. 난생처음 무공을 배웠어."

피식.

웃음이 나올밖에. 고작 사흘 무공을 닦고 저 자신있어하는 표정이라니. 가소로울 뿐이다.

하지만 방심하지 않았다. 어쨌든 황세은은 묘하게 특별한 녀석이니 말이다.

검이 검갑을 빠져나오며 옅은 울음을 토했다. 화산파에서는 쫓겨났지만 삼십 년간 함께해 온 이 검은 한결같이 그를 지켜주었다.

이번에도 타인의 피로 그를 구할 것이다.

"숙부님, 저번에도 말씀드렸듯이 여기서 살인을 저지르

면……."

"방금 들었지 않느냐? 저놈은 무공을 익혔다. 즉, 이것은 무림인과 무림인의 싸움. 관이 관여할 문제가 아니다! 내 말이 틀렸느냐?"

마지막 물음은 황세은을 향한 것이었고, '물론이지' 라는 흡족한 대답이 돌아왔다.

황세은은 의자에서 일어나 책상 앞으로 돌아왔다. 다리는 어깨 넓이보다 약간 좁고 양손은 낭심 앞에 모은, 전형적인 허점투성이 자세였다.

'사흘 동안 뭘 얼마나 익혔는지 궁금하군.'

변삼석은 시간 끌지 않고 크게 도약했다. 육합검법의 처음은 쾌(快)로 시작하고 중간은 변(變)으로 바뀌어 시간이 지날수록 쾌와 변이 그 위력을 더한다.

그래서 싸우면 싸울수록 강해지는 것이 육합검법의 특징이었다.

검이 가슴 앞까지 닿을 동안 황세은은 움직이지 않았다. 서둘러 피했던 전과는 달랐다. 사흘 동안 죽는 법만 배운 모양이다.

검이 가슴을 파고들었다. 분명 그리 생각했는데 검이 찌른 건 허상일 뿐이다.

뭔가 소매를 잡는 것 같더니 몸이 앞으로 끌려가며 세상이 뒤집혔다.

쾅!

처음엔 아찔했고, 이어서 등짝에 고통이 찾아왔다.

"이런, 또 탁자를 부쉈네."

황세은의 목소리에 서둘러 일어섰다.

"뭐냐?"

"바보같이 상대의 무공을 묻는 거야?"

맞다. 싸움 중에 상대에게 패대기쳐졌으면서 무공을 묻는 건 바보나 하는 짓이다.

변삼석은 걸음을 내디딤과 동시에 검을 어지럽게 휘둘렀다. 변의 극치인 추풍낙화(秋風落花)였다.

황세은은 서른세 개의 검 그림자에 완벽하게 갇혔다. 도저히 빠져나갈 수 없는 그물이었다. 변삼석은 베었다고 믿었다. 그러나 이번에도 허상이었다.

여지없이 몸이 날아서 땅바닥에 패대기쳐졌다. 낙법을 익히지 않았다면 목이 부러졌을 것이다.

"이 자식!"

어이없게 두 번이나 낭패를 당한 변삼석은 분노가 치밀었다. 고작 사흘 동안 무공을 익힌 녀석에게 지는 것은 용납할 수 없었다.

하지만 승패를 결정하는 건 기분이 아니라 실력이었다.

“크윽!”

열두 번 만에 기어코 비명이 터졌다. 도저히 녀석을 벨 수가 없었다. 황세은은 마치 그림자 같았다. 찔렀다고 생각하면 어느새 밑에서 불쑥 나타났고, 베었다고 믿었는데 소매를 잡혔다.

도저히 따라갈 수 없는 실력이다. 황세은이 죽이려고 마음먹는 순간 그의 목숨은 없는 것이나 마찬가지다.

양손과 무릎으로 몸을 지탱한 변삼석은 거친 숨을 몰아쉬며 물었다.

“사흘 전에는 왜 내게 패한 것이냐? 왜 무공을 감춰두고 있었던 것이냐?”

“그땐 무공이란 걸 몰랐다니까. 사흘 전에 할아버지께 배운 거야.”

또 그 계집이 냉큼 나섰다.

“도련님 할아버지는 신선이라니까요! 사흘 만에 이처럼 강해지신 걸 보면 몰라요?”

정말 무공을 익힌 기간이 사흘이라면 신선은 할아버지가 아니라 황세은이었다. 변삼석은 땅에 철퍼덕 주저앉았다.

“죽여라.”

목숨을 걸고 행한 싸움에서 패했으니 죽는 건 당연했다. 그런데 목숨을 건 것은 그 혼자뿐이었다.

"할아버지가 살인은 하지 말랬어. 그러니 그냥 돌아가."

소년은 변삼석에게 없는 덕목인 자비를 베풀었다.

"큭큭큭! 난 정말 우스운 놈이 되어버렸군. 고맙다는 말은 하지 않겠다."

힘없는 걸음을 노을 속으로 내딛는 변삼석의 등은 처량해 보였다. 승리가 마냥 기쁨으로 다가오지 않는 건 변삼석에 대한 측은함 때문이었다.

그래도 마냥 기뻐하는 사람은 있었다.

"거 봐요! 제가 뭐랬어요! 우리 도련님이 신선님의 손자라고 했잖아요!"

왕서연이 기뻐하는 게 승리보다 흡족했다.

*　　*　　*

긴 탁자 앞에는 흑사회의 이름과는 어울리지 않는 야우회(夜友會)의 중간급 두목 여섯이 모여 있었다.

야우회가 밤을 장악한 대파현(大巴縣)에서 홍락가는 미미한 존재다. 하지만 황세은은 실리가 아닌 체면의 문제였다.

한낱 어린아이에게 졌다는 소문이 퍼지면 다른 흑사회의 표적이 될 게 분명했다.

"회주님, 무공이 높다고 칼이 안 들어가는 것 아니잖습니까? 제가 적당한 칼잡이를 알고 있습니다.”

“칼보다야 독이 낫지. 돈만 준다면 홍락가의 창기 반은 꼬마에게 독을 먹이려고 달려들걸.”

“그냥 수로 밀어붙이죠. 두 주먹이 어찌 백 주먹을 당해내겠습니까?

“칼이라니까!”

“독이야!”

“쪽팔리게 암수는! 정면에서 붙어야지!”

장두식은 수하들이 설왕설래하는 사이 고민에 빠졌다. 다들 지극히 흑사회다운 방법이었다.

‘그래, 가장 흑사회답게 해결하자!

탕!

탁자를 쳐서 조용하게 만든 장두식이 입을 열었다.

“칼잡이를 구해라.”

그런데 어디선가 목소리가 튀어나왔다.

“내 손자를 죽이겠다고?”

마치 방 안 전체에서 울리는 소리 같았다.

“누구냐?”

아무리 둘러봐도 그들 일곱 명밖에는 보이지 않았다.

“쯧쯧쯧, 하찮은 것들이 감히 내 손자의 목숨을 넘보다니.”

드르륵—!

문이 열리더니 노인 한 명이 미끄러지듯 들어왔다.

길고 하얀 머리는 뒤로 넘겨 묶었고, 가슴까지 드리운 흰 수염에서는 윤기가 흘렀다.

늙었으되 늙음이 느껴지지 않는 노인은 그림에서 보던 신선의 모습 그대로였다.

'황세은이 신선의 손자라고 하더니 그, 그게 정말이란 말인가?

노인에게서는 감히 범접하지 못할 기운이 흘러서, 평생 패악질만 일삼던 자들이 입도 벙긋하지 못했다.

"네가 우두머리로구나."

장두식은 감히 대답조차 하지 못했다. 노인의 손이 올라갔다. 석 자나 떨어져 있는데 저 손짓만으로 그를 죽일 수 있을 것 같았다.

그런데 다행히 노리는 건 그의 목숨이 아니었다. 탁자 위에 놓인 주전자가 허공으로 둥실 떠올랐다.

덜컥!

엎어져 있던 잔이 저절로 바로 서더니 그곳으로 용정차(龍井茶)가 채워졌다. 놀라운 광경에 숨이 멎을 것 같았다.

채워진 잔은 허공을 둥실둥실 떠서 노인의 손 안으로 들어갔다.

"흠. 무뢰배들이 그래도 차는 좋은 것을 마시는구나."

정말 신선이다. 신선이 아니고서는 어찌 저런 신술(神術)을 부릴 수 있겠는가 말이다.

장두식은 황급히 의자에서 내려와 노인을 향해 오체투지를 했다.

"하, 하찮은 이, 인간이… 시, 시, 신선님을 뵈, 뵈옵니다."

말을 제대로 하고 있는 건지도 알 수 없었다. 나머지 수하들도 저마다 이마를 바닥에 찧었다. 그들도 뭐라고 말을 하는데 그저 중언부언 알아들을 수가 없었다.

"나를 무서워하면서 내 손자를 죽일 계략을 꾸민단 말이냐?"

"아, 아니옵니다. 제, 제가 멍청해서 시, 신선님의 손자님인지도 모, 몰라 뵙고. 제발 살려주십시오!"

다행히 마지막 간절한 소망은 또렷하게 나왔다.

"내 손자에게 해코지하는 일은 없을 거란 말이지?"

"당연합죠! 아, 아니… 하옵니다."

"내 인간의 간사함은 익히 알고 있으나 이번만은 네 말을 믿어주마. 하지만 만약 약속을 어길 시에는 지옥의 가장 깊은 곳, 영원히 꺼지지 않은 불지옥으로 떨어질 것이다."

"며, 명심하겠습니다! 앞으로 착하게 살겠습니다!"

조아리는 머리가 바닥을 찧었지만 아픈 것도 느끼지 못했다. 한참 동안 이마를 바닥에 대고 있는데 수하 한 놈이 넌지시 말했다.

"가셨습니다."

슬며시 올린 시선에 신선의 모습은 잡히지 않았다. 방 안을 모두 둘러보고서야 긴 안도의 한숨을 내쉬었다.

"정말 신선이 있었어. 신선이……."

내일부터 당장 사당에 가야겠다고 마음먹는 장두식이었다.

＊　　＊　　＊

사십오 년 만에 나온 세상은 그리 변한 게 없었다. 조금은 설레던 마음이 허무할 정도로 세상에 대한 감흥은 무덤덤했다.

황세은이 아니었으면 죽을 때까지 천수팔괘진 밖으로 나오지 않았을 것이다.

'녀석이 내게 세상 구경을 시켜주는군.'

황세은이 보인 무공으로 보아 변삼석에게 당할 일은 없을 것이라 믿었다.

하지만 예부터 앞에서 찌르는 창보다 뒤에서 날아오는 화살이 위험한 법이다.

그래서 세상에 나온 황세은은 물가에 내놓은 어린아이마

냥 불안했다.

'나온 김에 얼굴이나 보고 갈까?'

황인하는 홍락가로 걸음을 옮겼다. 사십오 년 만에 찾은 거리지만 찾기는 그리 어렵지 않았다. 그런데 자꾸 사람들의 시선이 느껴졌다.

주위를 둘러보자 그와 시선을 부딪친 사람들이 황급히 허리를 숙였다.

은연중에 풍기는 황인하의 부드러운 기도는 사람들을 절로 굴복시키는 힘이 있었다. 그것이 오히려 못마땅했다.

'자고로 가장 뛰어난 맛은 담담함이라고 했거늘.'

기도를 갈무리할 수도 있었지만 굳이 그런 애를 쓰지 않았다. 자연스러운 게 가장 자신답기 때문이다.

신선의 풍모와 기도에 허리를 숙이던 사람들이 홍락가 골목으로 쑥 들어가는 황인하를 보며 어리둥절한 표정을 지었다.

"역시 여자는 요물이야."

누군가의 말에 그저 실소를 머금었다.

"쉬었다 가세요!"

"세상에서 제일 달고 깊은 우물이 여기 있어요!"

짙은 화장을 한 얼굴로 호객을 하던 여인들도 황인하가 지나가면 허리를 숙이면서 뒤로 물러났다. 황인하는 그런 그녀들 사이를 한가로이 걸어갔다.

"거참! 새치기하지 말라니까요! 자꾸 그러면 오늘 도련님 들어가실 거예요!"

담 모퉁이 너머에서 여인의 목소리가 들렸다. 황세은의 기가 그곳에서 느껴졌다. 황인하는 어울리지 않게 담 뒤에 숨어서 고개만 살짝 내밀었다. 열심히 붓을 놀리는 황세은의 모습이 보였다.

'기특한 녀석.'

그런데 황세은이 붓놀림을 멈추더니 그가 있는 쪽을 향해 고개를 돌렸다. 황급히 숨는 그를 향해 황세은의 목소리가 들렸다.

"할아버지!"

분명 눈에 띄기 전에 모습을 감췄다.

"할아버지! 거기 있는 거 다 알아! 기운이 느껴진단 말이야!"

그런가? 그가 황세은을 느끼듯 황세은도 그를 느낄 수 있었다. '그냥 만나러 갈걸' 하는 후회를 하며 모습을 드러냈다.

그를 확인한 사람들이 깜짝 놀라며 허리를 숙였고, 어떤 이는 바닥에 엎드리기도 했다.

'졸지에 내가 신선이 되었군.'

황인하는 부드러운 기를 보내 숙이거나 엎드린 사람들을 일으켜 세웠다. 모두가 놀라는 것은 당연했다.

황세은이 달려와서 황인하를 껴안았다.

"허허허! 매일 보는데 새삼스럽게."

"그래도 밖에서 보니까 특히 반갑잖아."

황세은은 황인하의 손을 잡고 두 여인이 있는 곳으로 갔다. 그들이 다가가자 두 여인이 어찌할 바를 모르며 허리를 숙였다.

"인사해. 내 할아버지야."

"가, 감히 천한 인간들이 신선님을 뵈옵니다."

"저, 저도요."

"흠. 자네가 하수청이고 자네가 왕서연이겠군. 내 세은이한테 얘기는 들었네."

"감사히게 저희 얘기를 다 해주시고……."

"우리 세은이를 많이 도와준다니 감사는 오히려 내가 해야지."

"아, 아니옵니다. 도련님께서 천한 저희들을 어여삐 여기시어 은혜를 베푸시는데, 감사는 백번이고 저희가 드려야지요."

"자신을 자꾸 천하다고 하지 말게. 입 밖으로 나온 말이 결국 자신이 되는 법이야."

“명심하겠사옵니다.”

황인하가 하수청에게 말했다.

“그런데 자네, 허리가 아픈 모양이군.”

“네? 그, 그걸 어찌 아셨습니까? 아니, 신선님이시니 당연히 아시겠지요.”

“허리를 펴보게.”

“감히 제가 어찌 신선님 앞에서…….”

“괜찮으니 똑바로 서게.”

하수청은 억지로 허리를 세웠다. 황인하는 허공에 손을 저었다. 사람들에게는 그렇게 보이겠지만 둥글게 뭉쳐진 기가 여러 번 하수청의 허리를 두드려 뼈가 어긋난 곳을 맞춰주었다.

하수청의 눈이 동그래졌다.

“방금 전까지 아팠는데! 허리의 통증이 싹 가셨습니다!”

“침상을 바꾸게. 너무 푹신한 침상은 허리에 좋지 않아.”

“그리하겠사옵니다.”

“앞으로 우리 세은이 잘 부탁하네.”

“할아버지, 가려고?”

“그래. 너무 늦지 않게 오너라.”

“응. 걱정 마.”

이왕 신선 노릇을 했으니 신선답게 사라져야 할 것 같았다.

공력을 끌어 모아 풍운비(風雲飛)를 펼쳤다. 사람들에게는 바람이 일면서 갑자기 사라진 것처럼 보일 것이다.

사람들은 한동안 말을 뱉지 못했다. 그저 이야기 속에서나 나오는 신선을 직접 봤다는 충격은 머릿속을 하얗게 만들었다.

"뭐해? 얘길 해야 받아 적지."

구술을 하던 스무 살 창기 청화(青華)는 화들짝 놀라며 어쩔 줄을 몰라 했다. 황세은은 그때까지 썼던 내용을 읽어주었다.

"기억하지? 다음 내용을 불러봐."

청화는 띄엄띄엄 말을 이어갔고, 목소리는 잘게 떨렸다. 그리고 서신을 받으며 돈이 적은 것을 거듭 사과했다. 이전에는 당연하게 여기던 것이었는데 황인하의 등장이 황세은에 대한 인식을 바꿔놨다.

이제 누구도 황세은이 신선의 손자라는 것을 의심하지 않았다.

*　　　*　　　*

두 사람은 오랜만에 마주 앉아 차를 마시고 있었다.

"할아버지."

“응?”

“나도 홍락가에 찾아오는 남자들처럼 그 소저들하고 떡이라는 거 한번 쳐볼까?”

“푸웃―!”

황인하의 입에서 뿜어진 자잘한 물방울이 창을 통해 들어온 햇빛을 받아 작은 무지개를 만들었다. 그 모습은 좋았으나 마주 앉은 황세은은 차를 흠뻑 뒤집어써야 했다.

“너… 그, 그게 뭔지나 알고 하는 소리냐?”

황세은은 얼굴에 묻은 차를 털어내며 말했다.

“기분 좋아 보이던걸?”

“그걸 봤단 말이냐?”

“사방에서 하는 게 그건데 안 볼 수가 있어야지. 요란하게 소리를 질러대기도 하고. 난 여자 죽이는 줄 알았어.”

“험! 성인 남녀가 떡을 치는 건… 그 표현은 너무 저속하고 방사, 아니, 운우지락(雲雨之樂)을 나눈다는 말이 적당하겠다.”

“그거 초나라 혜왕(惠王)이 운몽(雲夢)의 고당(高唐)으로 갔을 때 꿈속에서 무산신녀를 만나 즐겼다는 고사에서 유래된 말이잖아. 아하! 혜왕하고 무산신녀가 꿈에서 떡을 친 거였구나!”

열여섯 살 손자 입에서 나오는 떡을 친다는 말은 듣기에 영

불편했다.

"그 떡 얘기는 그만하자꾸나. 험!"

천무백이 황세은으로 바뀐 지 육 년이라는 세월이 흘렀다. 황인하의 평생에 비하면 아주 짧은 순간이었지만 인생의 절반만큼이나 길게 느껴졌다.

그래서 이제 황세은에게서 천무백의 그림자는 느껴지지 않았다. 황세은은 온전히 황세은이고 그의 손자였다. 그가 죽을 때까지 그럴 것이다.

"운우지락은 네가 조금 더 나이를 먹은 후에 즐기는 게 좋을 것 같구나. 너무 일찍 경험하면 심기가 흐트러질 수가 있느니라."

얘기를 하고 나니 황세은에게 부동심법(不動心法)을 알려 줘야겠다는 생각이 들었다. 내부의 마기를 잠재우는 데도 효과가 있을 것이다.

"알았어. 그럼 한 이 년 후쯤에 치지."

'그래, 쳐라!'

황세은은 마을에 가겠다며 점심을 먹자마자 나갔다. 밤보다는 낮이 그나마 안전할 것 같아서 황인하가 제안을 했고 황세은이 받아들였다.

'앞으로 이 년쯤 남았으려나?'

아쉬웠다. 이곳에 들어온 후 생에 대한 미련 같은 건 사라진 줄 알았는데 황세은이 그에게 욕심을 부리게 만들었다.

이제 특별하거나 새로울 게 없다고 생각할 때 삶은 예상치도 못한 무언가를 툭 던져 놓는다.

그것이 불행일 때도 있지만 황인하에게 황세은은 다시없는 행운으로 다가왔다.

"그래도 욕심은 버려야겠지."

홍락가에는 이미 긴 줄이 만들어져 있었다. 황세은이 언제 올지도 모르는데 아침 일찍부터 나와 기다린 사람들이었다.

개중에는 불구나 불치병자도 있어서 고쳐 달라고 애원을 했지만, 태반이 황세은의 능력을 벗어나는 일들이었다.

그래서 그들을 걸러내는 일은 왕서연이 맡았다. 그녀는 오래전에 본업을 접고 황세은을 보좌하는 일에만 매달렸다.

황세은이 열세 명째의 서신을 적고 있을 때였다.

쾅!

탁자 위로 방망이가 요란하게 떨어졌다. 관원들이 지니고 다니는 육모방망이였다. 고개를 들자 역시 관복 차림의 사내가 그곳에 있었다.

하지만 거친 수염에 우락부락한 서른 후반의 사내는 건달이라고 해도 좋을 인상이었다.

"꼬마 사기꾼이 백주에 버젓이 사기를 치고 있구나."

“아, 아닙니다, 관 포두(觀捕頭)님.”

왕서연은 포두 관태상(觀泰上)을 알고 있었다. 관원이라는 지위를 이용해서 흑사회의 건달보다 지독하게 양민의 돈을 뜯어내는 악명 높은 자였다.

어찌어찌 황세은에 대한 소문이 귀에 들어가서 한몫 잡기 위해 여기까지 온 모양이다.

“닥쳐라! 신선의 손자 운운하는 소리를 믿는 멍청이가 어디 있단 말이냐!”

관태상과 함께 온 두 관원 중 한 명이 길게 줄을 늘어선 사람들을 가리켰다.

“여기 많이 있는데요?”

쓸데없는 소리를 한 대가로 뒤통수를 한 대 갈겨준 관태상이 말했다.

“보아하니 재미가 쏠쏠한 모양이로구나?”

탐욕스런 시선은 책상 위에 놓인 바구니에 가 있었다. 대부분 동전이었지만 간혹 반짝이는 은자도 보였다.

“이건 범죄의 증거니 압수하고.”

뻔뻔하게 관태상은 가지고 온 주머니에 돈을 쏟아 자신의 품에 넣었다.

“넌 나와 같이 가야겠다.”

일련의 일이 벌어질 때까지 황세은은 멀뚱하게 보고만 있었다. 관원이라 함은 백성의 안위를 돌보고 치안에 전념하는 자들이라 배웠는데, 저치가 하는 행동은 건달과 다를 바가 없었다.

'내가 할아버지한테 잘못 배운 건가?'

그의 생각 속으로 여인의 목소리가 파고들었다.

"관원 된 자로서 하는 행동이 참으로 가관이로구나."

관태상은 목소리가 들린 쪽으로 사나운 시선을 돌렸다.

"어떤 년이 함부로 주둥이를 놀리느냐!"

줄 중간쯤에서 앞으로 걸어나오는 여인을 황세은은 기억해 냈다. 언젠가 '가화만사성'이라는 다섯 글자를 써달라고 했던 그 중년 미부였다.

오늘은 그때처럼 비단이 아닌 청색의 수수한 옷을 입고 있었다. 전에 함께 왔던 하인도 보이지 않았다.

"백성을 위해 불철주야 노력해도 부족하거늘 감히 귀한 분께 와서 패악질을 하다니. 그러고도 네가 관원이라고 할 수 있느냐?"

"이년이 입이 두 개라고 잘도 지껄이는구나. 내가 보통 관원처럼 보이느냐? 내가 바로 이곳 대파현 관아의……."

"포두겠지. 옷차림만 봐도 알 수 있다. 그런 너는 내가 누군지 아느냐?"

그녀의 위아래를 훑어본 관태상이 말했다.

"어디서 밭이나 매다 온 촌계집이겠지."

대꾸는 그렇게 했지만 중년 미부의 강경함에 속마음은 뜨끔했다.

중년 미부는 허리춤 안쪽으로 손을 가져가더니 한 뼘 길이의 편편한 나뭇조각 하나를 내밀었다.

안력이 좋은 황세은은 거기에 적힌 여러 글자 중 안찰사지부(按察使之婦) 여진청(呂眞淸)이라고 쓰여 있는 걸 봤다.

앞의 것은 안찰사의 부인이라는 뜻일 테고 뒤의 것은 이름일 것이다. 황세은에게는 없지만 저것이 신분을 나타내는 호패(號牌)였다.

관태상의 얼굴이 그야말로 누렇게 떴다.

"이, 이거 가, 가짜지… 요?"

안찰사면 한 성의 형과 옥을 담당하는 정삼품의 고위 관리이다. 그 집 똥개도 포두 정도는 무시할 것이다

하물며 그런 안찰사의 부인이라면 그림자만 봐도 납작 엎드려야 한다.

"호패의 진위도 구분하지 못하는 놈이 어찌 포두를 하고 있느냐!"

부패하기는 했지만 판단력은 빠른 관태상이었다. 그는 재빨리 무릎을 꿇었다.

"소, 소인이 보는 눈이 없어서 감히 무례를 저질렀습니다!

용서해 주십시오!"

"용서는 내가 아닌 저분께 구해야지!"

무릎걸음으로 황세은에게 온 관태상은 거듭 머리를 조아렸다.

"청맹과니 같은 제가 감히 귀인을 몰라 뵈었습니다. 부디 너그럽게 용서해 주십시오."

"일단 일어나 봐."

"네?"

황세은이 손짓을 하자 관태상이 일어나서 다가왔다.

"돈은 다시 제자리에 놓고."

품에서 주머니를 꺼낸 관태상이 바구니에 돈을 쏟아냈다.

"미안하다고 다 해결될 것 같으면 관아가 왜 있겠어? 안 그래?"

"그, 그렇지요."

황세은은 관태상의 등을 툭툭 두드렸다.

"가봐."

"이렇게… 그냥 말입니까?"

"그냥 가든 기어서 가든 그건 댁 마음이지."

기어서 가지는 않았다. 관태상이 서너 걸음을 옮겼을 때 황세은이 말했다.

"앞으로 나흘간은 꽤나 아플 거야. 의원에 가봐야 소용없을 테니 괜히 돈 낭비하지 마."

황세은의 내공은 노화순청을 넘어 삼화취정(三花聚頂)에 이르렀다. 내력을 보내 내부에 손상을 주는 것은 간단하게 할 수 있었다.

관태상이 사라지기를 기다린 여진청이 황세은에게 다가왔다.

"오랜만에 뵙습니다. 절 기억하실는지 모르겠네요."

"다섯 글자만 써갔던 아줌마잖아. 오늘도 그런 걸 써달라고 온 거야?"

"아닙니다. 오늘은 저희 집으로 모실 수 있을까 하고……. 어려운 청이겠지요?"

"집에는 왜?"

"저희 부군께서 꼭 한번 만나 뵙고 싶다고 하셔서요. 마차를 타면 한 시진 거리이니 그리 멀지는 않습니다."

안찰사가 그를 만날 이유가 없었다. 하지만 신세라면 신세를 진 것이고, 여러 사람을 두루 경험하는 것도 기쁨 중의 하나였다.

"오늘은 안 돼. 보다시피 기다리는 사람이 많아서."

"그럼 언제쯤 시간이 되겠습니까?"

"내일로 하지."

그날 집에 돌아가 있었던 일을 황인하에게 얘기하자 기대와 우려를 함께 나타냈다.

　자고로 관리와 가까이해서 좋을 게 없다는 생각은 무림인에게 깊게 뿌리 박혀 있었다.

　반면 안찰사가 보자는 용건에 따라 잘하면 황세은에게 관리로서의 길이 열릴지도 모른다.

　그러면 무림에서 멀어지는 것이니 황세은에게 그보다 좋은 일은 없을 것이다.

　혹시 몰라서 황인하는 그날 황세은에게 초상비(草上飛)를 가르쳐 주었다. 짧은 거리를 단숨에 주파하기에 초상비 이상의 경공술은 없었다.

　일행팔점보와 이화접목을 사흘 만에 터득했으니 초상비도 하루면 어느 정도의 경지에 이를 수 있을 것이다.

　머리로 익히는 게 아니라 몸이 절로 아는 것이기에 성취가 그만큼 빨랐다.

　다음날 일찍 황세은은 약속한 장소로 가서 마차에 올랐다. 홍락가에서 그림자처럼 따르는 왕서연도 동행을 허락했다.

　황세은 혼자 보내기에 못내 불안했는지 그녀가 자청한 것이다.

　여진청의 집은 컸다. 담 둘레가 오백 보는 되어 보였고 담 너머로 보이는 기와 건물의 수도 다섯 개나 되었다.

　"이런 곳이 소위 잘사는 집이지?"

마차에서 내린 왕서연은 주눅이 들었는지 황세은 말에 고개만 끄덕였다. 얼굴에 괜히 왔다는 표정이 여실히 드러나 있었다.

"겁낼 것 없어. 다 사람 사는 곳인데, 뭐."

황세은을 데리고 온 마부가 문을 열어주었다.

"뭔가 잊은 것 같은데."

황세은이 안찰사의 집으로 간 후 마음 한구석에 계속 꺼림칙한 기분이 남아 있었다.

황인하는 늙은이의 괜한 기우라고 치부하며 논어(論語)를 펼치려 할 때 비로소 깨달았다.

"이런! 세상의 예법을 가르치지 않았구나!"

물론 지식은 있지만 몸이 따르는 건 다른 문제다.

"실수하지 말아야 할 텐데."

"난 황세은이야, 아저씨."

선우덕(宣宇德)은 깜짝 놀라서 옆에 있는 여진청을 보았다.

"아, 아저씨?"

"내 할아버지보다 한참 어리니까 아저씨라고 부르는 게 맞잖아?"

한낱 평민이 바닥에 납작 엎드리는 것도 부족한데 정삼품의 안찰사에게 아저씨란다. 그것도 당당하게 그 호칭이 맞다고 하니 어이가 없었다.

그런데 옆에 앉은 여진청은 한술 더 떴다.

"신선의 손자 분이시니 세상의 예에 구속되실 리가 없지요."

그녀가 평소 절이나 도원(道院)을 열심히 다니는 건 알고 있다. 보이지 않는 신에 대한 믿음이 깊은 것도 안다.

하지만 신선의 손자라고 했을 때 반쯤은 농담으로 생각했지 정말 믿고 있을 줄은 몰랐다.

"그런데 날 보자고 한 이유가 뭐야?"

말도 끝이 짧다. 아무리 어린아이라고 하지만 계속 듣고 있자니 화가 나는 건 비단 그의 수양이 부족한 때문만은 아니었다.

"네 할아버지가 정말 신선이더냐?"

"뭐, 신선 같기는 해. 아닐 수도 있고. 그게 뭐가 중요해? 내 할아버지면 됐지."

"할아버지가 신선이면 너도 약간의 도술은 배웠겠구나?"

황세은이 인상을 찌푸렸다.

"도술을 알려달라고 부른 거야?"

물론 부른 이유는 따로 있었지만 신선을 빙자해 여진청의 마음을 어지럽히는 게 괘씸했다.

"무릇 군자는 자신을 포장하는 데 한 점 티끌도 없어야 하
느니라."

"윽!"

황세은은 쓴 약을 먹은 것처럼 인상을 쓰며 고개를 저었다.

"왜 그러느냐?"

"논어나 예기(禮記) 같은 책에서 나오는 그 군자는 싫어. 지
겨워."

"네가 논어와 예기를 아느냐?"

"할아버지가 가르쳐 줘서 어쩔 수 없이 배웠지. 사서삼경(四
書三經)이니 예기, 춘추(春秋)니 하는 것들, 하도 지겨워서 이
년 만에 후딱 떼버렸지. 그때가 내 인생에서 제일 곤욕이었
어."

선우덕은 황세은이 거짓말을 하는 거라고 믿었다. 사서삼
경, 예기, 춘추까지 사서오경이라고도 하는데, 그것은 단지
책이 아니다.

사서오경을 공부하기 위해서는 그전에 수백, 수천 권의 책
을 읽고 이해한 다음에야 비로소 입문을 할 수 있다.

그리고 사서오경 안의 오의는 서른 살 유생들에게도 결코
녹록치 않은 진리들이다.

그래서 선우덕은 시험해 볼 요량으로 몇 가지 질문을 던졌
다. 공자와 제자의 일화라든지 그때 왜 그렇게 얘기를 했는

지, 맹자와 순자의 공통점과 차이점 등을 조목조목 따져 물었
다.

그런데 시큰둥한 표정으로 얘기를 하는 황세은의 대답은
그를 놀라게 하기에 충분했다. 그조차 미처 생각하지 못했던
오의(奧義)까지 풀어냈다.

저 정도면 과거시험을 치러도 급제에 가까운 실력을 낼 수
있을 것이다.

그 모습을 보는 여진청의 입가에는 웃음이 번졌고, '신선
의 손자가 맞죠?' 라는 물음을 표정으로 던지고 있었다.

선우덕은 신선을 믿지는 않지만 황세은이 비범한 소년임
에는 틀림없다는 생각이 들었다.

"험! 꽤 총명하기는 하구나."

"그런데 이런 거 말고 꿀물 같은 거 없어? 쓰기만 하
고……."

항주(杭州)에서 특별히 공수해 온 최상급의 용정차다. 차를
좋아하는 사람이면 눈물을 흘리며 감격할 텐데, 아이는 아이
라는 생각이 들었다.

"저, 저도……."

같이 온 왕서연도 슬며시 손을 들었다. 시비에게 꿀물 두
그릇을 내오라고 시킨 선우덕이 본론을 꺼냈다.

"네가 써서 준 글을 보았다."

"그 가화만사성?"

"체가 좋더구나."

그냥 좋으면 여기까지 부르지도 않았을 것이다. 선우덕의 글씨도 좋다고 유생들 사이에 소문이 났다.

하지만 황세은에 비하면 많이 부족하다는 것을 인정했다. 황세은의 글은 당대의 소문난 명필(名筆)과 비교해도 손색이 없었다.

"그래서 말인데, 자금성에 보낼 내 의견서를 대신 써주었으면 좋겠구나."

"의견서? 그런 건 직접 써야 하는 거 아니야?"

보통은 그리하지만 대필을 하는 경우도 적지 않았다. 자금성은 지방에서 올라온 의견서가 하루에도 수백 통씩 쌓인다.

아무리 관리들이 부지런하다고 해도 그것들을 모두 읽어볼 수는 없는 노릇이었다.

그래서 왕왕 서체가 뛰어난 명필에게 부탁해 대신 쓰는 경우가 있었다.

글씨체가 좋으면 아무래도 관리들 눈에 잘 들어오기 때문이다.

아무리 좋은 의견도 그들의 눈에 띄지 않으면 봉투 속의 쓰레기나 마찬가지다.

의견서가 제대로 채택이 되어 중앙의 고위관리 눈에 들면 북경으로 갈 길이 생긴다.

지방의 정삼품은 북경의 종오품보다 못한 것이 지방 관리의 실정이니 너도나도 북경으로 가려는 건 당연했다.

"다른 사람이 써도 무방하다. 돈은 넉넉히 주겠다."

황세은은 오래 생각하지도 않고 고개를 저었다.

"안 돼. 지금 서신 대필도 시간이 부족해. 날 기다리는 사람이 얼마나 많은데?"

감히 안찰사의 부탁을 거절하는 게 의외였고, 그래서 어린 애라는 생각이 들었다.

"들어보니 그 일을 꽤 오래했다고 하던데 지겹지 않느냐?"

"지겹긴, 한 통의 서신에는 한 사람의 인생이 들어 있는데. 그 많은 사람의 일생을 알아간다고 생각해 봐. 그게 지겹겠어?"

'그런가? 정말 세상을 보는 눈이 특별한 아이로군.'

처음에는 글씨 잘 쓰는 사기꾼으로 생각했다. 그래서 단단히 혼을 내주고 글씨 쓰는 재주만 잠깐 빌릴 생각이었다.

그런데 직접 만난 황세은은 특별했다. 선우덕이 이제까지 접한 어떤 사람과도 다른, 황세은은 세상에 딱 하나만 있는 개성을 지니고 있었다.

예의범절을 제대로 가르쳐 곁에 두고 싶은 아이다.

"혹시 내가 네 할아버지를 만나볼 수 있겠느냐?"

“글쎄. 아마 안 될걸? 저번에 산에서 내려오신 것도 사십오 년 만이었거든. 그리고 우리 집에는 아무나 못 들어가. 함부로 발을 들여놓으면 제자리만 빙빙 돌다가 지쳐 죽을 수도 있어.”

사십오 년 만에 세상에 나온 노인과 접근할 수 없는 집이라니! 다시 사기꾼 냄새가 솔솔 풍겼다.

하지만 황세은의 표정을 보면 선우덕을 속이려는 것 같지는 않았다.

어쩌면 황세은의 조부는 신선은 아닐지언정 희대의 기인일 수도 있었다. 그래서 만나보고 싶었다.

“그래도 내 청을 그분께 넣어주겠느냐?”

“알았어. 물어보는 거야 어렵지 않지.”

“그리고 내 일을 해주는 걸 다시 한 번 생각해 봐라. 네게 해는 되지 않을 것이다.”

“그것도 어렵지 않지. 이 꿀물 한 그릇 더 주면 안 돼?”

“저, 저도요.”

*　　*　　*

“아이가 특별하기는 하더구려. 하지만 조부가 정말 신선이라는 건 믿기지 않소.”

“나리가 그리 믿으신다면 어쩔 수 없지요. 하지만 전 믿어요.”

“허허허! 그거야 장모님 때문이 아니요? 처녀 적에 직접 보셨다고 내게도 몇 번이나 얘기를 하셨소.”

“제 어머님이 허튼소리하실 분이 아니라는 걸 나리도 아시잖습니까?”

“그렇기는 하오만 신선이라니 영……”

“나리, 소인 안복이옵니다!”

밖에서 들린 집사 서안복(西安福)의 목소리에 다급함이 묻어나왔다.

“들어오너라.”

다실(茶室)의 문이 열리고 서안복이 꾸벅 인사를 했다.

“제형안찰사사(提刑按察使司)에서 급전이 왔는데 혜화공주(惠化公主)께서 이곳 사천성에 오셨답니다!”

“뭐? 공주님께서?”

혜화공주는 현 황제인 영종제(英宗帝)가 특히 예뻐하는, 그야말로 장중보옥(掌中寶玉)이다.

난생처음 자금성을 떠나 여행을 한다는 소식은 들었지만 사천성은 그 여정에 들어 있지 않았다.

“중경(重慶)에 들르셨다가 사천의 풍경이 수려하다는 소식을 접하시고 여정을 변경하셨다고 하옵니다!”

이런 변방에 황실의 친족이 오는 일은 극히 드물었다. 더구나 상대가 황제의 총애를 받고 있는 공주라면 손님도 이만저만 귀한 손님이 아니었다.

"언제쯤 이곳에 도착하신다고 하더냐?"

"앞으로 사나흘 후라고 합니다."

"어서 가서 호위를 보내라고 일러라! 영접할 준비를 철저히 하고! 한 점 소홀함이 있어서는 아니 된다!"

＊　　＊　　＊

"뭐? 공주가 사천성으로 방향을 틀었어?"

양두잔(陽頭盞)이 대답했다.

"본래는 귀주성(貴州省)으로 갈 예정이었으나 갑자기 행선지를 바꿨습니다."

백광(白廣)의 이마에 짙은 주름이 잡혔다.

"귀주성에서 기다리고 계시는 어르신들이 실망하시겠군."

"전갈은 넣어놨습니다만 어떻게 할까요?"

"우리야 공주의 뒤를 따라다니며 보고나 하는 처지이니 지금까지 하던 대로 해야지. 납치는 그분들의 몫이니 말이야."

"저……."

"왜?"

“저희에게도 공주를 납치할 만한 실력이 있잖습니까? 지키는 놈들이라고 해봐야 관원들과 황궁에서부터 따라붙은 호위한 놈뿐이니 말입니다. 저희 다섯 형제면 충분하니 이 기회에 공을 세우는 것도 나쁠 것 같지 않습니다만.”

물론 백광도 충분하다는 건 안다. 귀주성에서 기다리는 두 노마(老魔)가 워낙 대단해서 그렇지 그들 신주오흉(迅走五兇)도 한 지방을 주름잡던 고수다.

“하지만 만약 실패하게 되면 그 여파가 만만치 않아서 말이야.”

언제나 백광은 우유부단했다. 반면 양두잔은 배짱이 있고 결단력도 좋았다.

“사실 이런 일이야 그 두 분이나 저희들이나 별 차이가 있겠습니까? 괜히 닭 잡는 데 소 잡는 칼을 쓰는 격이지요.”

“그럴까?”

“아마 나머지 세 동생도 저와 같은 생각일 겁니다.”

백광의 고개가 천천히 위아래로 끄덕여졌다.

*　　*　　*

“안찰사가 날? 흠. 좀 생각을 해보자.”

단순히 만나자는 거였으면 일고의 가치도 없이 거절했을

것이다.

하지만 어쩌면 황세은의 미래가 걸린 일인지도 모른다. 그가 가서 만나는 게 황세은에게 득이 된다면 못할 것도 없었다.

단지 세상에 나가 사람을, 특히 관리를 만나는 게 싫을 뿐이다.

그의 기색을 눈치챈 황세은이 말했다.

"괜히 나 때문에 만날 것 없어. 그런 사람 도움은 필요 없으니까."

황세은이야 저리 말하지만 황인하는 지나가는 개의 도움을 받아서라도 녀석이 잘 지냈으면 하고 바랐다.

"초상비는 펼쳐 봤느냐?"

"응! 굉장하던걸. 그런데 오래 못 펼치겠어."

공력을 단숨에 끌어올려 폭발적인 속도를 내는 신법이 초상비이니 오래 달릴 수 없는 건 당연했다.

"그럼 빠르면서도 오래 펼칠 수 있는 것도 가르쳐 줄까?"

"응!"

학문은 억지로 앉혀놓아야 겨우 익히면서 무공이라면 저리 눈을 반짝이니, 그저 아이의 본성인지 아니면 무인의 본능인지 알 수 없었다.

"그래, 알았다. 내 육지비행술(陸地飛行術)을 알려주마."

순간적인 속도는 초상비에 미치지 못해도 천리준마의 그것을 능가하면서, 먼 거리를 쉬지 않고 달릴 수 있었다.

거기에 더해 풍운비까지 덤으로 가르쳤다. 이화접목을 제외하면 죄다 보법과 경공법이니 만에 하나 생길지 모를 위험을 피하라는 배려였다.

구결을 알려주고 시연을 한 후 황세은의 연공 모습을 보던 황인하는 고개를 끄덕였다.

'역시 빨라. 한 번 듣고 본 것뿐인데 그 안의 오의를 꿰뚫다니.'

아마 이미 익혔던 무공이라 그럴 것이다. 황인하도 그렇지만 천무백도 무공광이었다.

자신이 가진 것보다 약한 무공이라도 닥치는 대로 익혔다.

마인이면서 구대문파와 오대세가의 무공까지 두루 섭렵한 사람은 천무백이 유일할 것이다. 그 반대의 경우라면 황인하가 유일하겠지만.

그래서 그들은 평생 호적수가 될 수 있었다. 그리고 말년에는 다시 친구가 되었고.

"그만하고 이리 와서 운기조식을 하자."

황인하는 황세은에게 자신의 내공을 조금씩 넘겨주고 있었다.

단순히 황세은의 내공을 높여주려는 것이 아니라, 그 안의 마기를 더욱 단단하게 가두기 위해서였다. 상처를 입고 살기를 품더라도 마기가 절대 튀어나오지 못하도록 말이다.

행여 가둬둔 마기가 폭발하기라도 하는 날에는 예전의 천무백으로 돌아갈 수도 있었다. 그건 세상의 재앙이었고, 곧 황인하의 죄로 돌아온다.

그런 일만은 무슨 일이 있어도 막아야 했다.

황세은의 등에 장심을 대고 순양지기(純陽之氣)를 천천히 흘려 넣었다.

황세은과 황인하의 내공이 만나 자연스럽게 얽혀들었다. 잡기라고는 섞이지 않은 선한 기운은 원래 하나였던 것처럼 자연스럽게 융화되었다.

반각이 지나지 않아 아지랑이 같은 기운이 황세은의 정수리에서 스멀스멀 피어오르더니 그것은 곧 형태를 만들었다.

다섯 개의 원.

'허허! 벌써 오기조원(五氣朝元)의 경지에 이르렀단 말인가?'

오기조원의 경지에 이르면 숨을 마시고 쉬는 토납만으로도 능히 운기조식의 효과를 누릴 수 있었다.

황세은이 만든 원은 연기처럼 무색이라 오기조원의 절정에 다다르려면 시간이 더 필요했다.

금목수화토(金木水火土), 이 다섯 가지 색깔을 선명하게 띠어야 비로소 오기조원의 절정에 이르게 되는 것이다.

연공을 한 지 육 년밖에 지나지 않았지만, 천무백의 후신이니 이해할 수 있는 성취였다. 물론 황인하의 도움이 아니었다면 나올 수 없는 결과지만 말이다.

한참 동안 황세은의 머리 위를 배회하던 다섯 개의 고리가 하나로 뭉치더니 콧속으로 빨려들어 갔다. 그때야 황인하의 장심도 등에서 떨어졌다.

*　　*　　*

사천성을 가자고 우긴 사람은 주혜민(周慧敏)이었다. 그런데 무표정하게 앉아 그저 마차의 창문을 스치는 풍경을 초점 없는 눈으로 보고 있었다.

궁인(宮人) 서수영(徐修英)은 그런 주혜민을 보며 가는 한숨을 쉬었다.

북경을 떠나 천하를 유람한 지 다섯 달이 넘어가고 있었다.

그만하면 지겨울 때가 됐는데도 주혜민이 굳이 사천까지 가는 이유는 북경으로 돌아가기 싫어서였다.

자금성으로 돌아가는 즉시 그녀를 기다리는 건 혼인이었다.

주혜민의 언니처럼 변방의 이족(異族)에게 물건처럼 시집을 가는 건 아니지만, 유난히 자유분방한 그녀에게는 혼인 자체가 족쇄처럼 느껴질 것이다.

"하아—! 이대로 확 도망쳐 버릴까?"

혼잣말처럼 한 말에 서수영은 깜짝 놀랐다.

"큰일 날 소리 하지 마세요, 공주님!"

"나한테 하지 말라는 소리는 하지 마."

"화, 황공하옵니다."

"고작 열여섯 살에 시집이라니. 젠장!"

밖에서 공주를 호위하는 무관 진무성(晉武星)의 목소리가 들렸다.

"제형안찰사사까지 한 시진 남았사옵니다."

진무성은 궁금하지도 않은 것을 꼬박꼬박 알려주었다. 창밖으로 하나둘 보이던 집들이 그 수를 더해갔다. 마을에 들어신 것이다.

第五章 납치

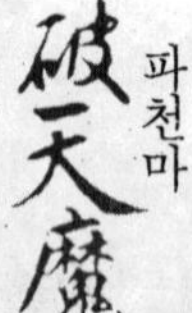

“도련님, 정말 안 가실래요?”

대필을 하던 황세은이 시큰둥하게 대꾸했다.

“그깟 공주는 구경해서 뭐하게?”

“공주님께 그, 그깟이라니요?”

“가고 싶으면 왕 소저나 갔다 와.”

“소문에 공주님의 미모가 천상의 선녀 같다던데.”

“전문가적인 입장에서 보면 뼈 위에 가죽 씌워놓은 건 다 똑같아.”

왕서연은 못내 아쉬운 듯 입을 삐죽거렸다. 한 번도 그에게 뭘 하자고 한 적이 없는 그녀인데, 요란한 행렬은 구경하고 싶은 모양이다.

"그래, 가자!"

쓰던 서신만 쓰고 다음 사람에게 양해를 구한 후 거리로 나섰다. 이미 소문이 퍼진 탓에 마차가 지나갈 대로 양쪽에는 사람들이 가득했다.

왕서연은 황세은의 손을 잡고 북적이는 사람들을 헤치며 걸어갔다.

"그냥 여기 길가에서 보면 되잖아?"

"에이, 그래도 이왕이면 좀 더 잘 보이는 곳으로 가야죠."

하지만 좋은 자리는 이미 사람들이 선점한 후였다.

"저기로 가자."

황세은이 가리킨 곳은 삼 층 높이의 주루(酒樓) 겸 다루(茶樓)였다.

밤에는 술을 팔지만 지금은 낮이니 차를 파는 곳이다. 둘 다 차는 싫어하지만 구경이 목적이니 상관없었다.

인파 사이를 뚫고 다루까지 갔는데 문 앞에는 이미 많은 사람들이 모여 있었다.

"어허! 자리가 다 찼다니까요!"

"서 있어도 괜찮으니까 삼 층, 아니, 이 층이라도 들여보내 줘!"

"들어갈 공간이 없어요! 그리고 입장료가 이 층은 삼백 문, 삼 층은 오백 문인데 그래도 들어갈래요?"

공주의 행차 때문에 다루가 때 아닌 호황을 누렸다. 왕서연이 사람들 틈을 비집고 들어가 점소이 앞에 섰다.

"글쎄, 자리가 없다니까… 어? 도련님!"

황세은은 어느새 이곳 대파현에서 유명인사가 되어 있었다.

왕서연이 은근한 목소리로 물었다.

"도련님이 들어가실 건데 정말 자리 없어?"

"정말……."

"신선님의 손자 분께 말씀드리고 있다는 걸 잊지 마. 거짓말하면 천벌을 받을지도 몰라."

점소이의 얼굴이 울상이 되었다.

"실은 내가 구경하려고 삼층 한 자리를 남겨놓기는 했는데……."

"가도 되지?"

점소이는 긴 한숨을 쉬었다. 신선의 손자한테 미움을 받을 담량이 안 됐다.

황세은의 팔목을 잡은 왕서연이 다루로 쪼르르 들어갔다.

"뭐야? 사람 차별하는 거야?"

"억울하면 댁도 신선 손자로 태어나든가!"

이 층 계단으로 올라가면서부터 사람들 떠드는 소리가 요란하게 들렸다. 월하루(月下樓)라는 이름의 이 주루 겸 다루가 생긴 후 오늘처럼 사람이 많은 적은 처음일 것이다.

삼 층도 이 층과 다름없이 사람으로 가득 차 있었다. 왕서연은 점소이가 말해준 창가 자리를 찾아 두리번거렸다.

"어? 도련님이다!"

그 소리에 저마다 떠들고 있던 사람들의 시선이 일제히 황세은에게 모아졌다.

그러고 보니 대파현에서 홍락가 외의 다른 곳에 온 것은 처음이다.

"저기예요!"

삼 층의 구석진 곳, 가장 작은 창문 옆에 놓인 이인용 탁자가 비어 있었다.

황세은의 걸음을 따라 사람들의 시선이 옮겨갔고, 어떤 사람은 꾸벅 허리를 숙이기도 했다.

"물럿거라! 공주님 행차시다!"

거리에서 들린 소리에 그들은 서둘러 자리에 앉았다. 수십 명의 군사가 창을 들고 보무도 당당하게 앞장을 섰다.

그 뒤로 네 마리의 말이 끄는 사두마차가 나타났다. 비단과 보석으로 요란하게 치장을 한 마차였다.

하지만 정작 구경을 해야 할 공주는 코빼기도 보이지 않왔다.

하긴 공주가 백성들 구경하라고 마차에서 나와 손을 흔들어줄 리가 없다.

그런데도 왕서연은 실망한 표정이 아니었다. 어쩌면 그녀가 원하는 게 단지 이것인지 모른다.

비록 공주의 그림자도 보지 못했지만, 훗날 누군가에게는 공주를 본 적이 있다고 자신만만하게 얘기할 것이다.

실제로 왕서연은 이것만으로 공주를 본 것이나 마찬가지다.

그런데 아래를 지나던 마차가 멈추더니 덜컥 문이 열렸다.

순간 주변이 조용해졌다.

마차 안에서 발 하나가 나오고 이내 여인이 모습을 드러냈다. 공주는 열여섯 살이라고 했으니 삼십대 중반의 저 여인은 궁녀인 모양이다.

시선을 한 곳에 모은 사람들은 저마다 마른침을 삼켰다. 드디어 다음 사람이 모습을 드러냈다.

"공주님이다."

누군가의 입에서 시작된 그 소리는 이내 함성 같은 걸 만들어냈다.

"공주님! 여기 좀 보세요!"

"예쁘기도 하셔라! 정말 선녀 같아요!"

그 요란한 소리를 지나치는 공주의 발길은 그들이 있는 월하루 쪽으로 향했다.

"서, 설마 여길 오시지는 않겠죠?"

"공주 구경하러 왔으니 오면 좋잖아?"

"아, 안 돼요. 너무 떨려서 심장이 멈출지도 몰라요."

그런데 계단참에서 누군가 소리를 질렀다.

"모두 내려가라! 어서!"

창을 든 관원 둘이 흉흉한 기세로 사람들을 윽박질렀다.

"빨리 가지 않는 자는 관에 끌려갈 것이다! 어서 움직여라! 어서!"

겁을 집어먹은 사람들이 한꺼번에 내려가는 통에 위험한 상황이 연출되기도 했다.

"도련님, 우리도 빨리 가야죠."

"싫어. 이왕 왔으니 꿀물이라도 한잔하고 가야지."

"괜히 고집 부리시다가……."

"야! 너희들! 빨리 튀지 않고 뭐해!"

황세은은 험악한 얼굴로 다가오는 관원을 봤다.

"여긴 우리 자리야. 이미 사람들 다 쫓았으니 공주가 앉을 자리는 많잖아?"

"뭐, 뭐야? 이런 미친놈! 가서 곤장을 맞아야 정신이 돌아오겠구나!"

관원이 뒷덜미를 잡으려고 했지만, 황세은이 몸을 움찔 떨자 관원은 혼자 그러는 것처럼 붕 떨어져 나갔다.

"이, 이놈이 감히 법을 집행하는 관원에게……!"

"지금 뭐하고 있는 것이냐!"

옆구리에 검을 차고 있는 삼십대 중반의 사내는 마차에 바짝 붙어 말을 몰던 자다.

사내의 무공이 상당하다는 건 느낌으로 알 수 있었다.

"그, 그게… 저놈이 뻗대고 있어서……."

사내의 시선이 황세은에게 꽂혔다. 그가 막 입을 열려고 하는데 계단에서 목소리가 들렸다.

"왜 앞을 막고 있어?"

깜짝 놀란 사내가 황급히 비켜섰다.

"외인이 아직 있습니다. 잠시만 기다리시면……."

사내의 말에 아랑곳하지 않고 그녀가 올라왔다. 그린 듯 휘어진 눈썹 아래 놓인 커다란 눈, 남들보다 조금 높은 콧날, 입술은 뭘 칠한 것처럼 붉다.

그동안 홍락가에 출입하면서 여인의 미추에 대해 눈을 뜨기는 했지만, 황세은에게 공주의 미모는 '다른 여자들보다 보기는 좋네' 정도의 감흥밖에 없었다.

공주가 나타나기도 전에 왕서연은 이미 바닥에 납작 엎드려 있었다.

황세은을 힐끗 본 공주는 걸음을 옮겨 창가에 자리를 잡았다.

"일단 외인을 쫓은 다음에……."

"됐어. 갈증만 풀고 금방 갈 거야. 그리고 고작 어린애일 뿐이잖아."

뒤따라 올라온 궁녀가 의자에 앉아 있는 황세은을 보고 뜨악한 표정을 지었다.

"저, 저놈이 공주님 앞에서 감히 뻣뻣하게 앉아 있다니!"

"놔두고 가서 차나 시켜."

하지만 궁녀가 내려가기도 전에 점소이가 올라왔다. 공주를 향해 가는 점소이는 보기에도 불쌍하게 부들부들 떨고 있었다.

그런 점소이를 향해 황세은이 말했다.

"어이! 우리가 먼저 왔어!"

"네? 도, 도련님, 하지만 공주님이……."

"손님은 왕이라고 했으니 공주보다 높잖아. 아니, 공주도 손님으로 왔으니 왕이 되는 거네. 그래도 내가 먼저 왔으니 당연히 내 주문을 먼저 받아야지."

점소이는 어쩔 줄을 몰라 하고 궁녀는 분노에 찬 소리를 뱉었다.

"이, 이놈이 어느 안전이라고 오만불손을 떠는 것이냐!"

궁녀의 음성이 채 사라지기도 전에 공주가 황세은에게 말했다.

"그럼 여기 와서 합석하지 않을래?"

잠시 생각하던 황세은은 자리에서 일어섰다.

"너한테 오라는 말은 못하겠군. 여긴 이인용밖에 안 되니까. 왕 소저, 가자."

엎드린 왕서연이 깜짝 놀라서 고개를 들었다.

"네? 어, 어딜요?"

"공주가 합석하자잖아."

"도, 도련님, 제발……."

황세은이 왕서연의 팔을 잡고 기를 넣자 몸이 절로 일으켜졌다.

"괜찮아. 공주도 우리처럼 똥오줌 싸는 사람이야."

"킥!"

공주가 짧은 웃음을 터뜨리고 그게 무안했던 듯 헛기침을 했다.

왕서연은 황세우에게 이끌려 공주가 있는 탁자까지 왔지만 끝내 앉지는 못하고 서 있기로 했다.

공주 앞에 앉은 황세은이 점소이에게 말했다.

"나하고 왕 소저는 꿀물, 넌?"

"이 천한 것이……!"

“서 상궁, 가만있어.”

공주의 차가운 음성에 궁녀는 금방이라도 울 것 같은 얼굴을 푹 숙였다.

“네.”

“그럼 나도 꿀물로 하지.”

“거기 있는 아저씨하고 아줌마는? 왜? 안 마셔? 에이, 그래도 가게에 왔으니 매상은 올려줘야지. 저 사람들한테도 꿀물 한 잔씩 돌려.”

부들부들 떨고 있던 점소이는 도망치듯 내려갔다.

“난 황세은이야. 넌?”

“응?”

“이름이 공주는 아닐 거 아니야? 설마 이름도 공주야?”

피식 웃음이 나왔다. 보아하니 그녀의 또래 정도 되는 것 같은데, 신분이 차이를 알 만한 나이다.

그런데도 저리 함부로 말을 하는 건 바보거나 그만한 자격이 있다는 뜻이다.

하지만 대명제국에서 황제의 딸인 그녀에게 함부로 반말을 할 수 있는 사람은 황족밖에 없었다.

옆에 선 왕 소저라는 여인이나 점소이가 대하는 걸 보면 바보도 아닌 것 같았다.

“난 주혜민.”

일단 이름을 알려줬다. 마른 목이나 축이려고 들어온 다루에서 만난 소년은 오랜만에 주혜민의 호기심을 자극했다.

"그런데 너 요즘 걱정 있구나?"

황세은의 말에 주혜민은 깜짝 놀랐다.

"그걸 어떻게 알아?"

서수영이 끼어들었다.

"세상에 걱정 없는 사람이 어디 있사옵니까? 그냥 대충 때려 맞힌 것이지요."

"서 상궁, 좀 잠자코 있어줄래?"

"네."

주혜민이 황세은에게 말했다.

"계속해 봐."

"음… 지금 월경을 하는 중이고…….."

"이, 이놈 망측하게 함부로 그런 말을……!"

"아줌마는 요즘 월경이 불규칙하잖아."

"어? 어떻게 알았니?"

"저 아저씨는 오래전에 다친 왼쪽 다리가 안 좋고."

"관찰력이 좋구나."

공주가 물었다.

"관찰로 그런 걸 알 수 있단 말이야?"

"공주님의 그, 그건 냄새로 알 수 있습니다. 옅은 피 냄새가 나는데, 여기서 그 냄새가 날 이유는 하나뿐입니다."

"콩콩! 난 아무 냄새도 안 나는데."

"후각이 특히 뛰어나야만 알 수 있습니다."

"그럼 진 천인장의 다친 다리는?"

"제 자세 때문입니다. 계속 서 있으면 왼쪽 다리가 아프기 때문에 중심을 자연 오른쪽으로 두게 됩니다. 오래된 상처라고 맞힌 건 아마 추측일 겁니다. 부상을 당한 지 얼마 되지 않은 자가 공주님의 경호를 맡을 리 없으니 말입니다."

"와—! 짧은 시간에 머리 엄청 썼네. 그럼 서 상궁의 증상은?"

"그, 그건 소장도 잘 모르겠습니다."

주혜민의 시선이 황세은에게로 향했다.

"공주님 모시고 그 먼 거리를 오느라 얼마나 노심초사했겠이? 여자들이 오랫동안 신경을 곤두세우고 있으면 가장 먼저 찾아오는 게 월경 불순이야."

"넌 별걸 다 아는구나?"

"알아야 병을 고치지."

"의원이니?"

"의원 노릇도 하고 글 모르는 사람 서신 대신 써주기도 하고. 가끔 가훈도 써주고."

"호호호! 그 나이에 재주도 많구나?"

꿀물이 나오고 이런저런 얘기를 하다가 황세은이 물끄러미 주혜민을 봤다.

"왜 그래? 내 얼굴에 뭐 묻었어?"

"너 마음에 있는 걸 너무 오래 누르고 있으면 병난다. 참지 말고 그냥 하고 싶은 대로 해."

"대체 넌……?"

"마음의 병은 눈과 미간에 나타나. 특히 잘 보이는 사람이 있는데 그게 너야."

그녀의 표정이 시무룩해지자 황세은이 싱긋 웃었다.

"손 이리 줘봐."

"뭐? 가, 감히 어디서 옥체를 만지려고……!"

서수영이 펄쩍 뛰었지만 결국 주혜민의 손목은 황세은의 손안에 놓였다.

"그냥 가만히 있으면 돼."

황세은은 청량한 기운을 서수영의 몸 안으로 흘려 넣었다. 도가의 청정함이 그녀의 몸을 돌고 돌아 탁한 기운을 씻어냈다.

황세은이 손을 떼자 주혜민이 활짝 웃었다.

"와아! 가슴이 시원해졌어."

그때 갑자기 진무성이 움직였다. 주혜민을 의자째 뒤로 물러나게 한 후 검을 빼서 황세은을 겨눴다.

“무공을 익히고 있구나!”

“진 천인장! 이게 무슨 짓이야!”

주혜민의 호통에도 진무성은 뚫어지게 황세은만 보고 있었다.

“말해라! 무공을 익힌 네가 여기 있는 건 단순한 우연이냐?”

그저 허리만 숙이고 있던 왕서연이 어디서 그런 용기가 났는지 황세은 앞을 가로막았다.

“저, 저희 도련님은 신선님의 손자예요! 그래서 공주님을 도우려는 것뿐이에요!”

“신… 선?”

“네! 매일 홍락가에 오셔서 서신도 써주시고 무료로 병도 고쳐 주시고… 신선님이 직접 오시기도 했어요! 대파현에 있는 사람늘은 모두 알아요!”

하지만 진무성은 검을 거두지 않았다. 무공을 익힌 자를 주혜민과 가까이 둔다는 건 직무유기나 마찬가지였다.

주혜민이 괜찮다고 해도 그는 물러서지 않았다.

왕서연을 밀어낸 황세은이 일어섰다.

“괜찮아. 우리가 가면 되지. 왕 소저 소원대로 공주도 봤고. 오늘 즐거웠어.”

황세은은 정말 즐거웠다. 남녀를 불문하고 그 또래의 사람과 얘기를 나눈 건 처음이었다.

평생 남들 위에서 군림했을 주혜민은 그럼에도 도도함은 있을지언정 거만하거나 타인을 업신여기는 성정은 갖지 않았다.

걱정이 있기는 했지만 성격은 밝았고 말주변도 좋아 얘기하는 즐거움도 있었다.

그러나 그저 스치는 인연일 뿐이다. 아마 공주와 다시 만나는 일은 없을 것이다.

주혜민은 손을 흔들고 가버리는 황세은의 등만 보고 있었다.

그의 모습이 계단 아래로 사라지자 절로 한숨이 나왔다. 아쉬웠다.

누군가의 모습이 눈앞에서 사라지는 게 아쉬움으로 남는 건 처음이다.

"진 천인장 때문에 세은이가 가버렸잖아!"

"죄송하오나 무공을 가진 자를 공주님 가까이 둘 수는 없사옵니다."

"신선의 손자라잖아!"

"공주님도 참. 세상에 신선이 어디 있습니까? 그저 우민(愚民)들의……."

"시끄러!"

서수영이 찔끔해서 입을 다물었다. 의자에 털썩 앉은 주혜민은 창밖으로 시선을 돌렸다.

행여나 황세은의 작아진 모습이라도 볼 수 있을까 했는데 수많은 인파 속에 묻힌 그는 보이지 않았다. 그저 길에 모인 군중 몇이 그녀를 향해 열심히 손을 흔들 뿐이었다.

'세은이하고 조금 더 있고 싶은데.'

묘한 소년이다. 감히 공주인 그녀를 스스럼없이 대하는 무례에 대한 호기심은 그 나이에 절대 할 수 없는 것들을 척척 해내는 능력에 대한 감탄으로 이어졌다.

말주변이 좋아 재밌었고 선한 눈매와 웃음이 좋았다. 황세은과 함께라면 하루 종일 붙어 있어도 지겨울 것 같지 않았다.

'하아―! 자금성에는 왜 그런 사람이 없는 거야?'

하긴 자금성이 문제가 아니다. 그와 혼약을 맺은 자는 그저 샌님에 공부벌레였다.

그녀 앞에서는 너무 떨어서 말도 더듬는 간이 콩알만 한 사내였다.

'홍락가라고 했지?'

*　　　*　　　*

"모두 물러가라! 어서 가란 말이다!"

갑작스럽게 나타난 관원들이 길게 줄을 선 사람들을 거칠게 쫓아냈다.

그런 관원들을 보는 황세은의 얼굴은 딱딱하게 굳어졌다. 사람들을 모두 내쫓은 관원들이 근처를 에워쌌다.

모두 바쁘게 움직이는 와중에도 자리를 지키고 있는 황세은에게 진무성이 다가왔다.

"공주님 어디 계시느냐?"

저들이 왔을 때부터 공주가 사라졌을지도 모른다는 예상을 했다. 단지 그의 무례를 응징하기 위해서였다면 저리 많은 관원이 동원됐을 리가 없다.

"시간낭비하지 마. 내가 왜 공주를 납치했겠어?"

"난 납치라고 말한 적 없다."

"그럼?"

뒤늦게 헐레벌떡 뛰어온 서수영이 황세은에게 와락 달려들었다.

"이놈! 우리 공주님 어디 계시느냐! 그 귀한 분을 어떻게 했어!"

멱살을 잡으려던 손은 황세은에 의해 옆으로 비켜났다.

"공주가 도망이라도 친 거야?"

"처소를 가신다고 하셨는데 감쪽같이 사라지셨다! 네놈이 공주님께 바람을 집어넣어서 이런 일이 생긴 게야!"

자유를 향한 도망인가?

"우리가 헤어진 지 얼마 되지 않았으니 월하루에서 사라졌을 터. 지금쯤 근처 어딘가를 배회하고 있겠지. 시간낭비하지 말고 그 부근을 뒤져 봐."

"수색은 하고 있다."

"공주가 날 만나러 올 거라고 생각한 거야?"

"이곳에서 그분과 친분이 있는 사람은 너 하나뿐이니까."

"그럼 이건 멍청한 짓이잖아? 관원들이 이렇게 깔려 있으면 공주가 왔다가도 그냥 도망치겠다."

일리있는 말이지만 황세은을 그냥 놓아둘 수는 없었다. 공주의 철없는 행동이라고 해도 황세은 때문이고, 납치의 흔적은 없으나 만에 하나의 경우도 염두에 둬야 한다.

만약 납치 같은 처아이 상황이라면 ㄱ 또한 황세은이 관련되어 있을 가능성이 높았다. 하필 두 사람이 만난 후 공주가 사라졌으니 말이다.

"어쨌든 넌 나와 함께 가야겠다."

"싫어."

"이건 제안이 아니라 명령이다."

"난 아저씨 부하가 아니야."

스릉―!

검이 모습을 드러냈다.

"네 무공을 그렇게 믿는단 말이지?"

"난 내 결백을 믿을 뿐이야."

진무성은 공력을 끌어올렸다. 우웅―! 하는 검명(劍鳴)이 일더니 푸른색의 빛이 검을 감쌌다. 검을 휘감은 빛은 검끝으로 한 자나 더 튀어나왔다.

검강(劍罡)을 만들어낸다는 건 진무성의 검법이 경지에 이르렀음을 의미한다.

"지금이라도 순순히 갈 테냐?"

황세은이 입을 열려고 할 때 어디선가 날카로운 호각 소리가 들렸다. 길게 이어질 것 같던 그 소리는 갑자기 끊겨 버렸다.

누군가가 호각 소리를 멈추게 한 것 같았다.

"공주님을 찾았다는 신호인데!"

황세은은 공력을 일으켜 풍운비를 펼쳤다. 높게 솟구친 황세은은 지붕을 밟은 후 경공을 초상비로 바꿨다.

"서라!"

진무성의 음성이 저 멀리서 들렸다.

발밑으로 지붕들이 빠르게 지나갔다. 소리가 널리 퍼지기는 했지만 호각이 들린 방향은 정확히 알 수 있었다.

서쪽으로 달리던 황세은은 속도를 줄여 골목으로 떨어졌다.

목이 잘린 시체에서는 아직도 피가 뭉클거리며 흘러나오고 있었다. 시체의 손에는 호각이 들려 있었다.

단순한 가출인 줄 알았는데 이젠 납치 사건이 되어버렸다.

황세은은 시체의 잘린 단면을 보았다. 공주인 줄 모르고 단지 미색이 뛰어난 아녀자를 납치한 무뢰배의 소행일 수도 있다는 생각에서였다.

하지만 잘린 면은 면경처럼 깨끗했다. 이건 절대 건달 같은 부류가 발휘할 수 있는 솜씨가 아니었다.

"이노— 옴!"

머리 위에서 막대한 힘이 떨어졌다. 황세은은 뒤로 미끄러져 검의 사정권에서 벗어났다.

허공에서 떨어진 진무성이 소리쳤다.

"공주님은 어디 계시느냐!"

"멍청이, 내가 범인이었으면 여기까지 왜 왔겠어?"

황세은은 사방을 둘러보았다. 목이 떨어지는 순간 튄 피는 사방 이 장까지 퍼져 있었다.

이 정도면 목을 벤 자나 곁에 공주가 있었다면 피가 튀지 않은 곳이 있어야 한다. 그러나 근처에 사람이 있었던 흔적은 보이지 않았다.

'공주와 범인 모두 먼 거리에 있었다는 뜻인데.'

황세은은 수색 범위를 넓혔다. 그리고 삼 장 정도 떨어진 곳에서 핏자국을 발견했다.

점점이 떨어진 흔적으로 보아 무기에서 흐른 것 같았다. 발견한 건 핏자국만이 아니었다.

손으로 흙을 한 움큼 걷어낸 것 같은 흔적은 발끝에 힘을 가하면서 생긴 게 분명하다.

최소한 간 방향은 알게 됐다.

황세은이 갑자기 몸을 날리자 진무성이 따라오며 소리쳤다.

"뭘 알아낸 것이냐?"

"방향만! 잠자코 따라와!"

하지만 진무성의 경공은 그리 뛰어나지 않아서 두 사람의 사이는 순식간에 벌어졌다.

땅에 파인 흔적만 봐도 그 사람의 경공 정도는 알 수 있었다. 땅을 그 정도로 깊게 만들 자라면 경공도 수준급에 이르렀을 것이다.

그러니 길로만 갔을 리 만무하다.

얼마 가지 않아 깨진 담과 기와를 발견했다. 예상대로 집을 넘으며 이동했다.

직선으로 이동한 흔적은 마을을 벗어나 대파산의 좌측을 향하고 있었다.

황세은은 뒤쪽을 힐끔 봤다. 관원 중에 쫓아오는 이는 보이지 않았다.

'젠장! 쓸모없는 사람들이네.'

이제 공주를 구하는 일은 오롯이 그의 몫이 되어버렸다. 그래서 공력의 소모가 극심한 초상비 대신 육지비행술로 바꿨다.

속도는 떨어졌지만 담과 지붕에 남겨진 흔적의 넓이로 보아 그의 육지비행술로도 거리를 좁힐 수 있었다.

간격을 점점 멀리하던 인가는 종내 벌판과 밭으로 바뀌었다.

사방이 확 트인 곳에 발을 들여놓자 멀리 달려가는 자들이 보였다.

파리만큼이나 작게 보이지만 그중 한 명이 커다란 부대 자루를 짊어졌다는 건 알아볼 수 있었다.

한세은도 이 길은 처음이지만 저들도 초행이 분명했다. 지리를 제대로 숙지했다면 이렇게 탁 트인 곳으로 도망치지는 않았을 테니 말이다.

이 장 넓이의 길을 사이에 두고 왼쪽은 돌멩이가 가득한 벌판이고 우측은 파를 심어놓은 밭이었다.

몸을 숨길 곳이 없기에 저들을 놓칠 걱정은 없었다. 이 속도라면 대파산에 닿기 전에 따라잡을 수 있었다.

물론 진짜 문제는 그다음이지만.

'내 이화접목으로 저들을 물리칠 수 있을까?'

공력이 높아 경공은 빠르지만 싸우는 건 전혀 다른 문제다. 변삼석과의 싸움이 이미 그것을 증명해 주었다.

황세은이 발견했으니 저들이라고 황세은을 못 볼 리 없었다.

달려가던 다섯 명 중 한 명이 걸음을 늦추더니 길 가운데서서 황세은을 기다렸다.

멈춰 선 자의 거리가 빠르게 가까워지면서 용모가 제대로 보였다.

얼굴 반쯤을 수염으로 덮은 마흔 중반의 중년인은 손에 사슬낫을 들고 있었다.

짧게 흔들리는 낫에 묻은 피는 살인자가 누구인지를 보여 주었다.

"멈춰라!"

공력을 담은 사내의 외침이 우렁차게 들렸다. 하지만 여기서 멈출 마음도 싸울 생각도 없었다.

오히려 이렇게 기다려 주니 황세은으로서는 고마운 일이었다.

빠르게 좁혀진 거리가 삼 장에 이르렀을 때 사슬낫이 허공을 갈랐다.

쇠붙이가 마찰하는 소리와 함께 짓쳐든 사슬낫은 발출했

다고 생각한 순간 이미 코앞에 와 있었다.

황세은은 풍운비를 펼쳐 위로 솟구쳤다. 발 아래로 낫이 스치고, 공중에 뜬 황세은은 왼발로 자신의 오른쪽 발등을 차며 초상비를 펼쳤다.

눈 깜빡할 사이에 중년인을 넘은 황세은은 공주를 쫓아갔다.

"뭐 이런……!"

곽도만(廓道萬)은 머리를 넘어 멀어지는 녀석을 쫓았다. 이렇게 허무하게 돌파될 줄은 몰랐다.

기어코 뒷덜미를 잡으려 했지만 녀석은 점점 멀어지기만 했다.

'고수다!'

그리 느낄 수밖에 없었다. 그들의 별호에 붙은 '신주'에서 알 수 있듯이 경공만은 무림에서 누구에게도 뒤지지 않는다고 믿었다. 그들 다섯 모두가 그랬다.

그런데 이제 열대여섯 살 먹은 어린놈은 너무도 쉽게 곽도만을 따돌려 버렸다.

'형제들이 무사해야 할 텐데.'

취릭―!

이 장 길이의 채찍이 놈을 완전히 감았다고 믿었다. 공력을 채찍으로 전해 꽉 조이는데 환영처럼 녀석이 사라져 버렸다.

그러더니 갑자기 좌측에서 손이 뻗어왔다. 놀랍기는 했지만 삼십 년 동안 강호에서 구른 경험은 쉽게 무너지지 않았다.

왼팔을 내림과 동시에 채찍은 먹이를 덮치는 뱀처럼 머리를 돌려 녀석을 덮쳤다.

녀석의 공격은 막았지만 채찍도 헛되이 바람만 일으켰다.

어느새 사라진 녀석은 그의 뒤에서 나타나 세 형제를 쫓기 시작했다.

"저놈, 대체 뭐야?"

"넷째 형님, 빨리… 쫓아가야죠!"

곽도만이 편주찬(便主讚)에게 소리쳤다.

도강(刀罡)은 황세은의 정강이 옷을 찢고 그 여파로 피까지 튀게 만들었다.

살짝 베인 것뿐이지만 강기의 영향으로 상처는 베인 것이 아니라 터진 것처럼 생겨서 피가 많이 흘렀다.

그래도 하나의 상처로 또 하나의 산을 넘었다.

이제 공주를 맨 두 녀석은 대파산의 초입에 들어서고 있었다.

공주와의 거리는 대략 오십 장. 이대로 달린다면 일각 안에 따라잡는 게 가능하다.

"형님, 이대로 무작정 도망칠 수는 없지 않습니까?"

백광도 양두잔과 같은 생각이었다. 경공이 가장 뛰어난 백광은 주혜민을 메고 오느라 지치기도 많이 지쳤다.

맨몸과 한 사람을 들고 경공을 펼치는 것은 속도도 속도려니와 공력의 소모가 몇 배나 심했다.

"놈을 죽이자."

주혜민을 내려놓은 백광이 돌아섰다. 어깨를 나란히 한 두 사람은 빠른 속도로 가까워지는 황세은을 향해 검을 겨눴다.

푸르스름한 검강이 쭉 뻗어나왔다. 백광은 검강이 두 뼘이나 되었고 양두잔은 그보다 조금 짧았다.

십 장 안으로 거리를 좁힌 황세은의 속도가 느려졌다. 그들이 기다리고 있는데 무작정 달려들 수는 없을 것이다.

거리가 오 장으로 가까워졌다. 이 정도 거리면 그들 같은 고수에게는 코를 맞댄 것만큼이나 지척이었다.

두 사람이 동시에 공격을 들어가려 할 때 갑자기 황세은의 속도가 빨라졌다.

황세은으로서는 선택의 여지가 없었다.

멈춰서 대치를 하게 되면 따라오는 세 명이 도착해서 포위되는 형국이 만들어진다. 그렇다고 두 사람을 쓰러뜨릴 자신도 없었다.

그래서 생각한 것이 돌파였다.

멈추는 척하다가 득달같이 초상비를 펼치자 당황한 두 사람이 검을 찔렀다.

검강에 닿지도 않았는데 가슴팍의 옷이 먼지가 되어 흩어졌다.

황세은은 불로 지지는 듯한 통증을 참으며 몸을 뒤로 젖혀 미끄러졌다.

초상비를 펼쳐 속도가 붙은 황세은의 몸은 두 개의 검 아래를 쏜살처럼 빠져나갔다.

하지만 백광과 양두잔 역시 호락호락한 인간들은 아니었다.

어느새 손목을 꺾어서 지나치려는 황세은의 정수리를 향해 검을 내려쳤다.

머리보다는 몸이 먼저 반응했다. 황세은은 양손으로 백광과 양두잔의 소매를 잡아 교차시켰다. 이화접목의 한 수였다.

카앙!

고막이 찢어질 것 같은 굉음이 머리 위에서 터졌다. 그 속에서 옅게 들리는 두 개의 신음은 백광과 양두잔의 것이었다.

최대로 공력을 끌어올린 두 개의 검이 부딪쳤으니, 그 주인에게 충격이 가는 것은 당연했다.

두 사람은 주춤주춤 물러섰고, 그사이 미끄러진 황세은은 주혜민이 든 부대 자루를 잡았다.

주혜민은 정신을 잃었는지 축 늘어져 있었다. 그녀를 안은 황세은은 서둘러 초상비를 펼치다 넘어질 뻔했다.

사람을 안고 경공을 펼치는 건 혼자일 때와는 느낌 자체가 달랐다.

꼬인 다리를 겨우 진정시키는 황세은을 향해 백광과 양두잔이 달려들었다.

황세은은 힘껏 땅을 박찼다. 지금은 공력의 안배를 생각할 때가 아니다.

최대한 빨리 저들의 눈에서 벗어나 숲에 숨는 것이 가장 안전한 방법이었다.

"이놈! 서라!"

그들의 목소리가 차츰 멀어졌다. 그렇다고 마냥 좋아할 수 없는 것이, 극한의 초상비와 언덕길, 품에 주혜민까지 안고 있으니 공력은 심각할 정도로 빠르게 사라져 갔다.

이대로 초상비를 펼치면 고작해야 일각 정도밖에 달릴 수 없었다.

어떻게든 그 안에 저들의 눈을 피해야 한다.

가파른 화강암 덩어리의 언덕을 넘자 눈앞에 푸른 숲이 펼쳐졌다.

사람의 발길이 닿지 않은 곳인 듯 길 같은 건 보이지 않았
다. 황세은은 무작정 숲속으로 뛰어들었다.

팔과 어깨, 뺨 등에 나뭇가지가 부딪쳐 자잘한 상처들을 남
겼다.

그가 향하는 곳은 집이었다. 그 주변에 펼쳐진 천수팔괘진
안으로만 들어가면 저들도 쫓아오지 못할 것이다.

하지만 주혜민을 안고 거기까지 초상비를 펼치기에는 공
력이 너무 모자랐다.

지금에 와서 육지비행술로 바꿔도 마찬가지다.

황세은은 무섭도록 빠르게 뒤로 밀려나는 주변을 살폈다.

바위 뒤에 선 커다란 나무가 눈에 띄었다. 저 사이라면 두
사람이 숨을 수 있는 공간으로 충분했다.

고개를 돌려 본 시야에는 숲만 보일 뿐 추적자들의 기미는
없었다.

황세은은 방향을 바꿔 힘차게 도약했다. 바위를 넘어 나무
를 차고 그 사이에 안착하자 푹신한 낙엽이 그들을 맞아주었
다.

턱까지 숨이 차올랐지만 최대한 숨을 참았다. 거기에 마지
막 한 줌의 진기를 끄집어내서 그와 주혜민을 감쌌다.

공력이 부족해 두꺼운 막을 만들지는 못했지만 숨소리 정
도는 감출 수 있었다.

황세은이 잔 숨으로 호흡을 조절하고 있는데 바위 뒤쪽에서 인기척이 났다.

"이쪽으로 도망친 게 맞느냐?"

"틀림없습니다! 중간에 나뭇가지가 부러진 걸 대형도 봤잖습니까?"

"어서 흔적을 찾아봐라! 공주를 놓치면 우린 죽은 목숨이야!"

부스럭거리는 소리는 넓게 퍼지는 것 같더니 누군가 점점 다가왔다.

절로 마른침이 삼켜졌다. 흔적은 생각도 않고 도망쳤는데, 어쩌면 이곳에 있다는 흔적이 어딘가에 생겼을지도 모른다.

황세은은 주혜민을 꼭 부둥켜안고 숨을 죽였다.

사박! 사박!

낙엽을 밟는 발걸음 소리가 가까워졌다. 숨을 참느라 이를 악물어 턱이 아파왔다.

기척은 이제 바위 바로 뒤쪽까지 다다랐다. 상체를 내밀어 시선만 떨어뜨리면 그들을 볼 수 있을 것이다.

'지금이라도 도망칠까?'

하지만 지금 몸 상태로 지척에 있는 자를 따돌리기에는 역부족이었다.

바위에 발을 올려놓는 소리가 옅게 들렸다.

‘젠장!’

이대로 머리 위에서 공격을 당할 수는 없었다. 황세은이 주혜민을 잡은 팔에 힘을 주고 막 몸을 일으키려 할 때였다.

“여기서 지체하는 동안 놈이 더 멀리 달아날 수도 있다! 일단 흔적이 남겨진 방향으로 달려보자!”

바위에 올려졌던 발이 떨어지며 멀어지는 소리가 들렸다.

‘휴우—!’

안도의 한숨을 내쉴 때였다.

“으음—!”

하필 이 순간에 주혜민이 깨어났다. 지금은 신음이지만 완전히 정신을 차리면 발버둥을 칠 것이다.

“쉿! 조용히…….”

말을 끝낼 새도 없었다.

“으악! 이 나쁜 놈들아! 뭐하는 짓이냐!”

아무리 내공의 막으로 둘러놨어도 이 정도의 고함이 새어나가는 걸 막을 수는 없었다.

“도움이 안 되네.”

저들이 주혜민의 외침을 듣지 못했길 바라는 건 너무나 요행에 기대는 것이다.

황세은은 땅을 박차며 소리쳤다.

“움직이지 마! 나야!”

“어? 세은이?”

“서라!”

뒤쪽에서 외침이 들렸다. 잠깐 쉰 것 가지고 공력이 회복됐을 리 만무하다.

초상비는 어림도 없고 금방이라도 끊어질 듯한 공력으로 육지비행술을 펼쳤다.

땅과 나무를 박차며 가는 속도는 빨랐지만, 한계의 극을 달리고 있었다.

속에서 뭔가 넘어오려고 했다. 한계 이상의 내공을 끌어올리고 있으니 내상이 찾아오는 건 당연한 결과. 아마 핏덩이일 것이다.

시원하게 뱉어버렸으면 좋겠건만 그럴 시간조차 없었다.

그래도 다행인 것은 이대로 일각만 가면 천수팔괘진에 다다를 수 있었다.

‘그때까지만 버티자!’

뒤통수를 향해 날아오는 뭔가의 기운이 전해졌다. 황세은은 고개도 돌리지 않고 허리를 숙였다.

파앙!

머리 바로 위쪽에서 폭죽처럼 터진 것은 채찍의 끝부분이었다.

그 여파로 정신이 아득해졌다. 땅을 딛는 무릎이 휘청 꺾였다.

금방이라도 넘어질 것처럼 불안하게 나아가던 황세은은 다시 경공을 펼치기 시작했다.

누군가를 지켜야 한다는 절박함은 몸과 정신의 한계 이상을 보여주고 있었다.

촤라라락—!

특유의 금속성은 사슬낫이다. 보지 않아도 등을 겨냥했다는 걸 느낄 수 있었다. 허리를 숙이는 것으로 피할 수 있는 공격이 아니었다.

황세은은 아예 바닥을 굴러 버렸다. 등을 스치고 지나가는 서늘한 느낌이 모골을 송연하게 만들었다.

공격은 피했지만 비탈을 정신없이 굴렀다. 부대 자루에 담긴 주혜민이 요란한 비명을 질렀다. 품에 안은 그녀를 놓치지 않기 위해 필사적으로 노력을 해야 했다.

황세은은 어지럽게 돌아가는 와중에도 주변의 지형을 놓치지 않기 위해 애썼다.

잠깐씩 나타났다 사라지는 비탈의 저 아래쪽에 보이는 건 우뚝 솟은 바위였다.

마치 곰 모양의 형상을 한 그것은 천수팔괘진과 불과 오십 장밖에 떨어지지 않았다는 이정표다.

탁! 탁! 탁!

발로 가볍게 땅을 차며 구르는 속도를 줄였다. 그리고 바위에 가까워졌을 때 자유로운 손으로 바닥을 힘껏 때렸다.

공중에 뜬 황세은은 아슬아슬하게 바위를 넘어갔다. 다시 핏덩이가 넘어오려고 했다.

주먹밥을 통째로 삼키는 것처럼 핏덩이를 내리누른 황세은은 위쪽을 향해 달렸다.

이제 육지비행술 같은 경공은 쓸 수조차 없었다. 팔에 안고 있는 주혜민조차 쇳덩이처럼 무거웠다.

그런데 내공이 바닥난 건 쫓아오는 신주오흉도 마찬가지였다.

"제길… 제발… 좀… 서라……. 헉! 헉!"

정강이까지 차오른 낙엽이 늪처럼 발을 끌어당겼다. 저 앞에 천수팔괘진으로 들어가는 대나무 숲이 보였다.

고개를 돌려 신주오흉과의 거리를 가늠했다. 대략 이십 장. 저들 또한 속도가 느리니 잡히기 전에 당도할 수 있었다.

'됐다! 됐어!'

하지만 안도가 너무 빨랐다. 불과 오 장을 남겨놨을 뿐인데 뭔가가 어깨를 때렸다.

훌훌 날아간 황세은은 나무에 부딪쳐 거칠게 떨어졌다.

"우웩!"

오래 참았던 핏덩이가 기어코 입 밖으로 튀어나왔다. 한 번이 아니라 세 번 연속 핏덩이가 넘어왔다.

이대로라면 내장이 통째로 기어 나올 것 같았다.

황세은은 희미해지려는 시선을 모아 어깨를 때린 게 누구인지 살폈다. 분명 뒤를 쫓던 자들은 아니었다.

"앗! 무령쌍괴(武令雙怪)… 아니, 쌍선(雙仙) 어르신!"

초점이 잘 잡히지 않은 시선에 두 사람이 걸렸다. 왼쪽에 있는 자는 작은 키에 비해 엄청나게 뚱뚱했다. 마치 공이 굴러다니는 것처럼 보일 정도다.

반면 우측의 노인은 대나무처럼 말랐고 키는 칠 척에 달했다. 전혀 다르게 생긴 두 사람은 그럼에도 묘하게 어울렸다.

"헉! 헉! 어찌 알고… 오셨습니까?"

뚱뚱한 노인이 말했다.

"너희들 쫓는 거야 여반장이지. 멍청한 놈들. 감시만 하라고 했더니 공에 눈이 멀어 하마터면 일을 망칠 뻔하지 않았느냐!"

"죄, 죄송합니다. 하지만 저 꼬마 놈이 중간에 끼어들지만 않았어도… 크윽!"

말을 하던 백광은 뚱뚱한 노인의 장력에 맞아 나동그라졌다.

"이것으로 징벌이 끝났다고 생각하지 마라. 일단 공주를 취한 후에 너희들에게 처분을 내릴 터이니."

주혜민이 부스럭거리며 부대 자루에서 나왔다. 심하게 움직이면서 주둥이를 묶고 있던 끈이 풀린 것이다.

잔뜩 인상을 쓴 그녀는 황세은을 보더니 깜짝 놀랐다.

"세은아!"

이름만 불렀을 뿐 뭐라고 말을 잇지 못했다. 나뭇가지에 긁힌 상처는 온몸을 덮었고, 가슴은 쏟은 피로 범벅이었다.

그 모습만으로는 금방이라도 죽을 사람 같았다. 실제로 상태가 그랬지만 외상 때문은 아니었다.

피를 토해내면 시원해질 줄 알았는데 오히려 기혈이 뒤틀렸다.

누군가 막대기를 뱃속에 집어넣어 마구 휘젓는 것 같은 고통이 엄습했다.

"끄으윽—!"

억누른 신음을 토하는 황세은의 몸이 둥글게 말렸다. 인내의 한계까지 고통이 다다른 가운데 뭔가가 느껴졌다.

고통 속에서도 그 느낌만은 생생하게 기억났다.

변삼석의 검에 맞았을 때 느꼈던 그 느낌. 번개가 관통하는 것 같은 그 짜릿함.

하지만 이번에는 그 강도가 훨씬 셌다. 정신이 흐릿해지는 가운데 몸 안에서 뭔가가 터지려고 하고 있었다.

검은 의식의 바다 속에 우습게도 황세은 자신이 보였다.

―안 돼! 정신 차려!

　손가락만큼 작아진 황세은은 어둠 속에서 필사적으로 발버둥치고 있었다.
　죽을 때의 느낌일까? 그런데 묘하게 희열이 느껴진다. 이대로 시간이 지나면 강해질 것 같은 근거 없는 믿음이 생겼다.

―다 죽여 버릴 거야.

　의식의 저 밑에서 수천 개로 갈라진 음성이 들렸다. 그래, 그래. 어서 와서 놈들을 다 죽여.
　황세은이 헤엄치던 검은 바다가 점점 붉게 변하면서 자그마한 황세은이 가라앉기 시작했다.
　주체할 수 없는 살기가 피어올랐다. 황세은이 사라지고 저 바다가 완전한 핏빛이 되는 순간 세상에서 가장 강한 힘을 얻을 것이다.

―어서 차올라! 더 빨리! 어서!

황세은의 꼼지락거리는 손가락이 붉은 바다 속으로 가라앉았다.

그런데 가득 차올랐던 살기가 서서히 누그러지면서 바다가 검은색으로 변해갔다.

시간을 되돌리는 것처럼 다시 떠오른 황세은은 차츰 커지기 시작했다.

—안 돼! 다시 돌려놔! 넌 강해질 수 있단 말이야!

누구의 음성일까? 천 명이 지르는 듯한 고함은 너무 멀리 퍼진 메아리처럼 시나브로 사라졌다.

그리고 눈앞에 가득했던 검은 바다까지 뿌연 색으로 흩어졌다. 그 확실치 않은 시야 안에 익숙한 얼굴이 잡혔다.

눈이 부시두록 하얀 수염과 머리칼을 가진, 세상에서 가장 선한 얼굴을 가진 노인.

"할아버지……."

"움직이지 말고 있어라. 내 금방 다시 오마."

황인하는 무령쌍괴와 신주오흉을 향해 몸을 돌렸다.

"잡스러운 기가 요동을 친다 했더니……."

"감히 우리 행사를 방해하다니! 늙은이가 죽지 못해 환장을 했구나!"

　신주오흉 중 셋째 소문락(蘇文樂)이 황인하의 말을 댕강 잘 랐다.

　미간을 찌푸린 황인하의 손이 움직였다. 그러자 칼을 든 소 문락의 손이 저절로 올라갔다.

　"어?"

　소문락의 손에서 칼이 쑥 빠졌다. 허공에 둥실 떠오른 칼은 주인을 향해 돌아갔다.

　소문락이 도강까지 만드는 고수라고 할지라도 도저히 피 할 수 없는 빠르기였다.

　서걱!

　옅은 소리와 함께 칼은 소문락의 목을 훑고 지나갔다. 시체 가 쓰러지는 소리 사이로 비명 같은 외침이 터졌다.

　"이기어검(以氣馭劍)!"

　사용한 것이 칼이었지만 기를 이용해 사용하면 통칭 이기 어검이라 한다.

　황인하의 시선이 소리를 지른 뚱보노인에게 향했다.

　"낯이 익군."

　"네? 아, 아니, 저희는 초면인데……."

　"아! 한 오십 년 전에 봤지. 그때 귀주성에서 악명을 떨치 기 시작할 무렵이었지?"

　무령쌍괴는 어리둥절한 표정을 지었다.

"쯧쯧쯧… 어린 녀석들이 저리 기억력이 둔해서야."

현 무림에서 내년이면 아흔이 되는 무령쌍괴를 어리다고 할 사람은 아무도 없었다.

하지만 뚱보는 곧 황인하가 그리 말할 자격이 있다는 사람임을 기억해 냈다.

"저, 전수자!"

"오랜만에 들어보는 별호로군."

무령쌍괴의 몸이 부들부들 떨렸다. 전수자라는 이름은 그랬다.

세상에서 유일하게 파천마와 자웅을 겨룰 수 있었던 사람. 정도의 신이며 협의 심장이었던 정파 최고의 고수.

어떤 이는 오히려 파천마보다 높게 보기도 했던, 그야말로 전설 같은 존재다.

사십육 년 전, 누구에게도 알리지 않고 홀연히 사라졌던 그가 눈앞에 나타났으니 무령쌍괴가 학질 걸린 것처럼 떠는 것도 당연했다.

"이, 이곳에서 유유자적하시는 줄도 모르고 저희가 감히 영지(靈地)를 어지럽혔습니다. 부디 용서해 주십시오."

"천하가 만인의 것인데 어찌 내 땅이 있겠느냐? 하지만 너희의 죄는 이 땅을 밟고 있는 게 아니라, 이 땅보다 백배는 더 귀한 내 손자를 해하려 했다는 것이니라."

“저, 정말 몰랐습니다. 저희가 알고 어찌 그런 못된 짓을 저지르겠습니까? 저희는 그저 누군지도 모르는 자에게 돈을 받고 움직인 것뿐입니다.”

“과정이야 어찌 되었든 악심(惡心)에서 나온 죄이니 그 마음을 없앨밖에. 세은이는 눈을 감아라.”

황세은은 눈을 감았다. 하지만 머릿속에 허공을 나는 칼이 그려졌다.

여섯 개의 비명이 울린 것은 아주 짧은 시간이었다. 황세은이 눈을 떴을 때 서 있는 사람은 그들 셋뿐이었다.

“할아버지!”

급히 일어서려 하자 부드러운 기운이 어깨를 눌렀다.

“가부좌를 틀어라.”

황세은은 앉아서 눈을 감았다. 장문혈에서 들어온 청량한 기운이 그의 운기조식을 도왔다.

피를 세 덩이나 토하는 중한 내상을 입으면 최소한 여섯 달은 요양을 해야 예전의 내공을 되찾을 수 있었다.

하지만 황인하의 두움은 시간을 훌쩍 건너뛰어 황세은을 평소의 그것으로 돌려놓았다.

동그랗게 떠진 황세은의 눈은 예전의 밝은 빛을 찾았다.

“들어가서 외상을 치료해야겠구나. 그런데 이 아이는 누구냐?”

“응. 공주야.”

“공주? 이름이 참 고급스럽구나.”

“아니. 이름은 주혜민이고 황제의 딸인 공주라고.”

황인하는 깜짝 놀랐다.

“그게 정말이냐?”

“내가 할아버지한테 거짓말하는 거 봤어?”

“많이 봤다만, 이게 거짓말이라면 지금까지 한 거짓말 중에 가장 황당한 거짓말이구나.”

“진짜야! 공주, 네 입으로 직접 얘기해.”

자신을 부르자 주혜민은 깜짝 놀랐다.

“아, 안녕하세요. 정말 공주인 주혜민입니다.”

그녀는 자신이 지고한 신분인 공주라는 것도 잊었다.

방금 전 본 것은 인간이 만들어낼 수 있는 광경이 아니었다.

손짓만으로 칼이 허공을 날아다니는 모습을 어찌 인간이 만들어낼 수 있겠는가?

그래서 주혜민에게 황인하는 인간 이상의 존재, 사람들 말대로 신선이라고 믿겨졌다.

“허허허! 공주가 이 오지까지 어쩐 일로 오셨을까? 비록 그대가 공주이기는 하나 나는 이미 세속을 떠난 사람. 예에 얽매이지 않는 것을 이해해라.”

"괘, 괜찮습니다. 신선님이시잖아요."

황인하의 입에서 다시 한 번 웃음이 터졌다.

"잠깐 기다려라. 아무리 악인이라도 주검까지 짐승의 밥이 되게 할 수는 없지."

도가 떠올라 땅을 뒤집었다. 황인하의 손짓에 흙이 날아가고 구덩이로 시체가 하나둘 들어갔다.

그 모습은 함께 사는 황세은에게도 경이로움이었다.

시체를 다 묻은 후 그들은 집으로 향했다.

진을 통과할 때는 황인하가 주혜민을 안았다. 그녀 얼굴에 웃음이 가득했다.

돌아가서는 신선의 품에 안겨봤다고 여기저기 자랑할 게 분명하다.

황인하는 황세은의 전신에 난 수십 개의 상처에 일일이 약을 바르고 붕대를 감았다.

"아아! 살살 해! 아파!"

"인석아, 엄살 부리지 마라. 그나저나 어찌 된 영문인지 얘기해 보거라."

황세은은 저간의 사정을 설명했다. 얘기를 다 들은 황인하의 미간에 짙은 주름이 잡혔다.

"감히 공주를 납치하려 하다니. 하찮은 자들의 소행은 아닐 듯싶구나."

"넌 뭐 짐작 가는 거 없어?"

황세은의 물음에 주혜민은 고개를 저었다.

"너 만나러 홍락가라는 곳에 가려다가 갑자기 정신을 잃었어."

"날? 왜?"

"만나고 싶으니까."

"왜?"

"그걸 일일이 설명해야 해?"

뜨끔한 황세은은 여전히 영문을 몰랐지만 더 물을 수가 없었다.

두 사람의 모습에 미소만 짓고 있던 황인하가 말했다.

"지금쯤 공주가 실종되어서 난리가 났을 것이다. 어서 데려다줘야겠다."

"할아비지도 같이 가게?"

"그 무리가 더 있을지도 모르는데 너희들만 보낼 수는 없잖느냐?"

사실 황인하가 때마침 두 사람을 구할 수 있었던 것은 선우덕을 만나러 가는 길이었기 때문이다.

선우덕에게 황세은을 부탁하면 무림보다는 관리의 길로 들어설 수도 있으니 세상으로 한 번쯤 더 나가는 수고를 했던 것이다.

‘공주와 인연을 맺게 된 이번 일이 세은이에게 복이 될지 화가 될지 모르겠구나.’

*　　　*　　　*

제형안찰사사는 난리가 났다. 안전을 책임져야 할 공주가 납치당했으니 일단 안찰사인 선우덕의 목부터 위험했다.

백방으로 찾아다니고는 있지만 단서라고는 황세은밖에 없었다.

그렇다고 황세은이 범인과 관계가 있는 것 같지도 않았다.

인근의 관원들은 개미떼처럼 흩어져서 닥치는 대로 수색을 감행했다.

백성들의 불만은 당연했지만 지금 그걸 따질 계제가 아니었다.

선우덕은 수심 가득한 얼굴로 앉아 있었고 그 곁에는 여진청이, 맞은편에는 여진청의 모친 서후정(徐厚情)이 자리했다.

“아무 일 없을 것이네. 황족은 하늘이 내리시는 것인데 무슨 일이야 있겠는가?”

서후정의 말은 위로가 되지 못했다. 공주에게 무슨 일이 생기면 관직은 물론이요 목숨까지 위태로울 게 자명하다.

침묵으로 앉아 있던 선우덕이 일어섰다.

"아무래도 나가봐야겠습니다."

"어딜 가시려고요?"

"그저 앉아 있는 것보다는 돌아다니기라도 해야겠소."

선우덕의 답답한 마음을 십분 이해할 수 있었다. 선우덕이 방을 반쯤 가로질렀을 때였다.

예고도 없이 방문이 벌컥 열렸다. 상기된 표정의 첨사(僉使) 왕도휘(王道輝)였다.

"나리! 공주님께서 돌아오셨습니다!"

"뭐라! 그게 정말인가?"

"네! 웬 조손과 함께 방금 정문을 통과하셨습니다!"

조손이란 말에 황세은이 떠오른 건 너무 앞서가는 생각이었다. 하지만 왠지 그럴 것 같은 기분이 들었다.

선우덕은 뛰다시피 밖으로 나갔다. 대문까지 가는 길이 유난히 멀게 느껴졌다.

순어각(順語閣)의 모퉁이를 돌아 넓은 뜰로 발을 들여놓았을 때 비로소 그들을 볼 수 있었다.

선풍도골(仙風道骨)의 노인은 왼손에 황세은을, 오른손에 주혜민을 잡고 다가왔다.

"저, 저분은……!"

뒤에서 기함을 하듯 놀라는 서후정의 목소리가 들렸다.

"장모님, 아시는 분입니까?"

서후정은 대꾸도 하지 않고 노인답지 않은 빠른 걸음을 옮겼다.

그녀는 공주에게 예를 올릴 생각도 못하고 격앙된 표정으로 노인 앞에 섰다.

"안녕하십니까?"

"나를 아는가?"

"근 오십 년이 다 되었네요. 연화호(蓮花湖)에서 물놀이를 하다가 배가 뒤집히는 바람에 물에 빠졌었지요. 꼼짝없이 죽었구나 했는데, 물 위를 날듯이 달려오셔서 저를 구해주시지 않으셨습니까?"

노인의 눈이 세월을 더듬는 듯하더니 고개를 크게 끄덕였다.

"아! 그런 일이 있었지. 허허허! 그때는 아리따운 처녀였는데, 세월이 많이 흘렀군."

"신선님은 그대로이십니다."

"이제 더 늙을 것도 없으니 그러하지."

"메일 다시 한 번 신선님을 만나기를 빌고 또 빌었는데 죽기 전에 하늘이 제 소원을 들어주는군요."

선우덕은 멍한 얼굴로 두 사람의 대화를 듣고 있었다. 서후정의 사연은 세 번쯤 들었고, 그때마다 뭔가 착각을 했을 거라고 생각했다.

죽음의 순간에는 헛것이 보일 수도 있기 때문이다.

그런데 정말이었다. 인간이 물 위를 달릴 수 있다는 게 믿기지 않으니, 정말 저 노인은 신선인지도 모른다.

주변 사람들의 허리를 절로 숙이게 만드는 저 은은한 기운을 접하니 그조차 그리 믿어졌다.

"신선님께서 저도 구해주셨어요."

주혜민의 말에 선우덕은 퍼뜩 정신을 차렸다.

"어이구, 이 늙은이가 신선님을 만났다는 기쁨에 공주님께 큰 무례를 저질렀습니다."

뒤늦게 서후정이 허리를 숙였고, 선우덕도 다가가 예를 올렸다.

"이리 무사하셔서 천만다행이옵니다."

"신선님과 세은이가 아니었다면 아직도 부대 자루 안에 있었을 거예요."

"대체 어떤 놈들이 공주님을 납치한 것이옵니까?"

노인이 말했다.

"그건 따로 얘기하는 게 좋겠네."

정삼품의 안찰사에게 나오는 하대가 너무 자연스러웠다. 그래서 선우덕도 당연하게 받아들였다.

"이 은혜를 어찌 갚아야 할지 모르겠습니다."

"그저 인연이 닿은 것뿐이니 너무 괘념치 말게."

“여기서 이럴 게 아니라 일단 안으로 드시지요.”

그들이 막 들어가려 할 때였다.

“공주님!”

주혜민을 부르며 달려오는 사람은 호위를 맡았던 진무성이었다.

어딜 다녔는지 얼굴에는 검댕이가 가득 묻었고 옷도 찢어진 곳이 많았다. 머리까지 산발해서 거지 모습 그대로였다.

진무성은 가까이 오자마자 무릎을 털썩 꿇었다.

“공주님, 무사하셔서 정말 다행입니다.”

“꼴이 왜 그래?”

“소장의 꼴이 무슨 대수겠습니까? 제 무능 때문에 공주님을 지키지 못함이 원망스러울 뿐입니다. 공주님을 찾아야 한다는 생각에 가치없는 생명을 부지하고 있었지만, 이리 무사히 돌아오셨으니 전 이제 죽어도 여한이 없습니다.”

진무성은 검을 꺼내더니 조금의 망설임도 없이 목으로 가져갔다.

“진 천인장! 그만둬!”

주혜민의 뾰족한 음성도 진무성의 움직임을 막지 못했다. 검날이 목을 파고들 찰나 황인하의 손이 움직였다.

갑자기 진무성의 손에서 검이 쑥 빠져나와 허공에 둥실 떠올랐다.

그 기사(奇事)에 뜰에 모인 수백 명의 사람 입에서 헛바람
이 새어 나왔다.

죽으려고 했던 진무성도 경악한 표정으로 검과 황인하를
번갈아 보았다.

"한낱 혈기로 목숨을 버리려 하다니."

퍼뜩 정신을 차린 진무성이 소리쳤다.

"무장의 충성을 혈기로 매도하지 마십시오!"

"시체가 어떻게 충성을 말할 수 있단 말인가? 지금 자네가
죽으려는 건 그저 비겁함일 뿐일세."

"죄를 지었으니 죽음으로써 그 죄를 갚는 것입니다!"

"쉬운 길이지. 그것이 명예라고 생각할 터이고. 하나 공주
를 지키지 못했던 자네 과오는 누가 씻어줄 것인가?"

"……!"

"시체는 아무것도 하지 못하네. 그저 땅속의 벌레들에게
공양이나 할 뿐. 그리고 자네가 죽음으로써 공은 퇴색되고 과
로 괴로워할 사람들은 생각하지 않은 것인가?"

"고, 공과라 하심은?"

"먼저 공주를 구한 내 손자는 비단 공주의 목숨뿐 아니라
그로 인해 벌어졌을 몇몇의 죽음을 막았네. 그중에 한 명인
자네가 죽어버린다면 내 손자의 공도 그만큼 줄어들겠지. 그
리고 공주는 자신 때문에 자네가 죽었다고 자책할 터이니 그

것이 곧 과가 되는 것 아니겠나? 감히 공주에게 그런 과를 뒤집어씌울 텐가? 그것이 자네가 말한 충성인가?"

허공에 떠 있던 검이 진무성 무릎 앞에 놓인 디딤돌로 떨어졌다. 단단한 화강암으로 만들어졌건만 검은 두부를 파고들 듯이 단숨에 들어가 검 손잡이만 삐죽이 내놓았다.

"아직도 죽고 싶거든 그 검을 빼서 죽게."

멍한 표정으로 앉아 있는 진무성을 놔두고 그들은 안으로 들어갔다. 조금 더 생각할 시간이 필요할 것이다.

"혹시 공주님을 납치하려고 했던 자들이 누군지 아십니까?"

선우덕이 앉자마자 던진 질문이다.

"주로 귀주성에서 활동을 하던 무령쌍괴란 자들인데 왜 여기까지 왔는지 모르겠군."

"어? 제가 원래 가려던 곳이 귀주성이었는데 시간 좀 끌려고 사천성으로 방향을 틀었죠."

"흠. 그럼 공주를 쫓아왔던 것이군. 그러고 보면 공주가 도망친 게 오히려 전화위복이 되었네그려. 귀주성에서 일이 터졌으면 우리 세은이가 구해주지도 못했을 테니까."

"할아버지가 구한 거지. 난 그냥 시간만 조금 끈 거고."

주혜민이 황세은의 역성을 들었다.

"네가 그놈들 손에서 날 빼돌리지 않았으면 어떻게 할아버지를 만났겠니?"

"그럼. 구 할은 세은이 네 공이다. 허허허!"

선우덕이 그들의 화기애애한 분위기 속으로 끼어들었다.

"무령쌍괴란 자들은 무림인 같은데, 감히 무림인이 공주를 납치하려 했단 말입니까?"

"그들은 단지 돈을 받고 움직인 수족일 뿐이야. 머리는 황궁에 있겠지."

"어찌 그리 자신하십니까?"

"무림인이 공주를 납치해서 뭐하겠나?"

"그거야 범인을 잡아봐야 알지 않겠습니까?"

"말발굽 소리가 들리면 그걸 말이라고 생각해야지 얼룩말이라고 생각할 텐가? 세상 대부분의 일은 상식의 이치에 맞게 되어 있네. 괜히 무림을 들쑤시지 말고 공주를 이용해 뭘 하려고 했을까를 생각해 보게."

"혹시 생각나시는 거라도……?"

"초야에 묻힌 지 오십 년이 다 되어가는 늙은이가 어찌 세상 돌아가는 걸 알겠나? 그저 오래 산 사람의 경험으로 유추하는 것이지."

그때 방으로 서수영이 들어와 울고불고 한바탕 난리를 피웠다. 진무성도 초췌한 모습으로 돌아와 벌은 자결이 아닌 국법에 따라 받겠다고 말했다.

"국법 얘기가 나왔으니 말인데 이번 일에 나와 세은이는 빼줬으면 하네."

선우덕이 깜짝 놀라 물었다.

"아니, 그게 무슨 말씀입니까?"

"나야 이미 초야에 묻힌 사람이니 굳이 설명을 할 필요가 없고."

"하지만 세은이는 이번 일로 큰 상을 받을 수도 있습니다. 저번에 만나보니 보기 드문 수재로 예의만 잘 갖추면 입신양명을 할 수 있는 자질을 갖추었습니다. 이것이 세은이에게는 절호의 기회가 될 것입니다."

황인하가 황세은에게 물었다.

"출세하고 싶으냐?"

"전혀!"

단호한 대답에 그럴 줄 알았다는 듯 황인하는 고개를 끄덕였다.

"사실 나도 세은이가 벼슬길로 나갔으면 내심 바라고 있네. 하지만 세은이익 출세보다 더 중요한 것이 있지 않나?"

"그게 무엇입니까?"

"이 일이 있는 그대로 황제의 귀에 들어가면 어떻게 되겠나?"

'폐하' 라는 호칭을 쓰지 않았다고 뭐라 하는 사람은 없었다.

“그야……..”

“여기 있는 진 천인장이나 수행했던 궁녀와 관원, 어쩌면 안찰사인 자네 또한 위태롭겠지.”

공주를 찾기는 했지만 납치를 당하게 만들었다는 사실만으로 화가 미칠 것은 자명했다.

“세은이는 아직 어리니 앞으로 기회가 있을 것이네. 다행히 아이가 둔하지도 않고. 공주가 납치되었다는 사실은 이미 알려졌으니 그걸 숨길 수는 없을 터, 찾은 것은 자네들로 하게나.”

진무성이 나섰다.

“폐하께 거짓을 고할 수는 없습니다!”

“진실을 지키기 위해 목숨을 거는 것과 그 진실 때문에 죽는 것의 차이를 모르겠는가? 군자의 비장함과 필부의 만용을 혼동하지 말게. 살아 있어야 충성을 헤도 할 것 아닌가?”

선우덕이 말했다.

“하지만 어르신과 세은이의 공을 가로채는 건 편치 않습니다.”

“우리 세은이도 언젠가는 세상에 나갈 걸세. 자네들에게 힘이 있다면 그때 세은이를 도와주면 돼. 오히려 그것이 지금 황제에게 받는 상보다 클 것이야.”

모두들 말이 없었다. 황인하의 말은 결국 황제에게 거짓말을 하라는 것이다.

충을 목숨처럼 생각하는 그들에게는 있을 수 없는 일이다. 하지만 그 이유가 충분히 설득력이 있었기에 갈등을 하고 있는 것이다.

"할아버지 말씀에 따라요. 이건 공주로서의 명령입니다."

주혜민이 못을 박았다. 균형을 이루던 저울에 그녀의 말이 실리자 결국 한쪽으로 기울었다.

"저희가 두 분께 큰 은혜를 입었습니다."

선우덕이 사의를 표했고 진무성과 서수영도 고개를 숙였다.

"공식적인 일은 이것으로 마무리가 된 것 같군."

"할아버지, 가게?"

묻는 황세은의 음성에 아쉬움이 묻어나왔다. 이곳에서 주혜민과 조금 더 있고 싶은 모양이다. 그것은 주혜민도 마찬가지여서 간절한 눈빛을 황인하에게 보내고 있었다.

"허허! 세속의 물에 조금 더 몸을 담그고 있어도 되겠지. 이왕 물을 묻힌 김에 조금 더 깊이 담가볼까? 자네, 나와 함께 조금만 있을 수 있겠나?"

황인하의 시선을 받은 진무성이 깜짝 놀랐다.

"제게 하교하실 말씀이라도……."

"일단 가보지."

황인하와 진무성이 인적이 없는 뒤뜰로 갔다.

"보아하니 검강을 펼치는 경지까지 오른 것 같은데, 맞나?"

진무성은 거듭 놀랐다. 단지 보는 것만으로 그것을 알다니!

"소질이 미천하여 발전이 더딥니다."

"너무 겸손하군. 서른 중반의 나이에 검강을 펼칠 자가 세상에 몇이나 있겠나. 어디 초식을 한번 펼쳐 보게."

진무성은 가슴이 두근거렸다. 그저 시간이 남아서 이러지는 않을 것이다.

"감사히 가르침을 받겠습니다."

진무성은 자신이 익힌 호국삼십육절예(護國三十六絶藝)를 시연했다.

군부에서 고위 무장들만 익힐 수 있는 무공으로, 그동안 수많은 적을 벤 절초다.

군부의 무공답게 변화 대신 힘과 빠르기에 중점을 둔 검법이었다.

그저 시연이었기에 마치는 데는 일각 정도밖에 걸리지 않았다.

진무성이 검을 검갑에 집어넣자 황인하가 고개를 끄덕였다.

"좋은 무공이군."

“성취가 미미하여 부끄럽습니다.”

“세상에 완벽한 무공은 없는 법. 내가 좀 손을 봐줘도 되겠나?”

“일생의 영광입니다!”

*　　　*　　　*

“정말 안 돼?”

“응. 당장은 할아버지 곁을 떠날 수 없어.”

함께 북경으로 가자는 주혜민의 말에 대한 황세은의 대답이었다.

“할아버지와 함께 오면 되잖아. 내가 커다란 집도 지어줄게. 하인도 많이 구해주고, 암튼 최고로 편안하게 지낼 수 있게 해줄 거야.”

“할아버지가 그런 능력이 안 돼서 북경에 안 가시겠냐?”

“그건 그렇지만.”

“나중에. 내가 가도 될 때 그때 갈게.”

“그게 언젠데?”

“글쎄.”

황세은은 그날이 되도록 오지 않았으면 하고 바랐다. 주혜민과 있는 것은 좋지만, 그가 북경으로 간다는 건 황인하의 부재를 의미하기 때문이다.

황인하가 정말 신선이어서 시간의 구애를 받지 않고 영원히 살았으면 하고 바랐다.

하지만 그럴 리가 없었다. 단지 되도록 오래 자신의 곁에 있었으면 싶었다.

하고 싶은 걸 하지 못한 경우는 손에 꼽을 정도로 적은 주혜민이었지만 더 이상 고집을 부리지 않았다.

황인하와 황세은,

그녀의 의지대로 움직일 수 없는 몇 안 되는 사람임을 알기 때문이다.

"올 수 있으면 꼭 와야 해?"

"물론."

"약속."

그들의 새끼손가라이 걸렸다.

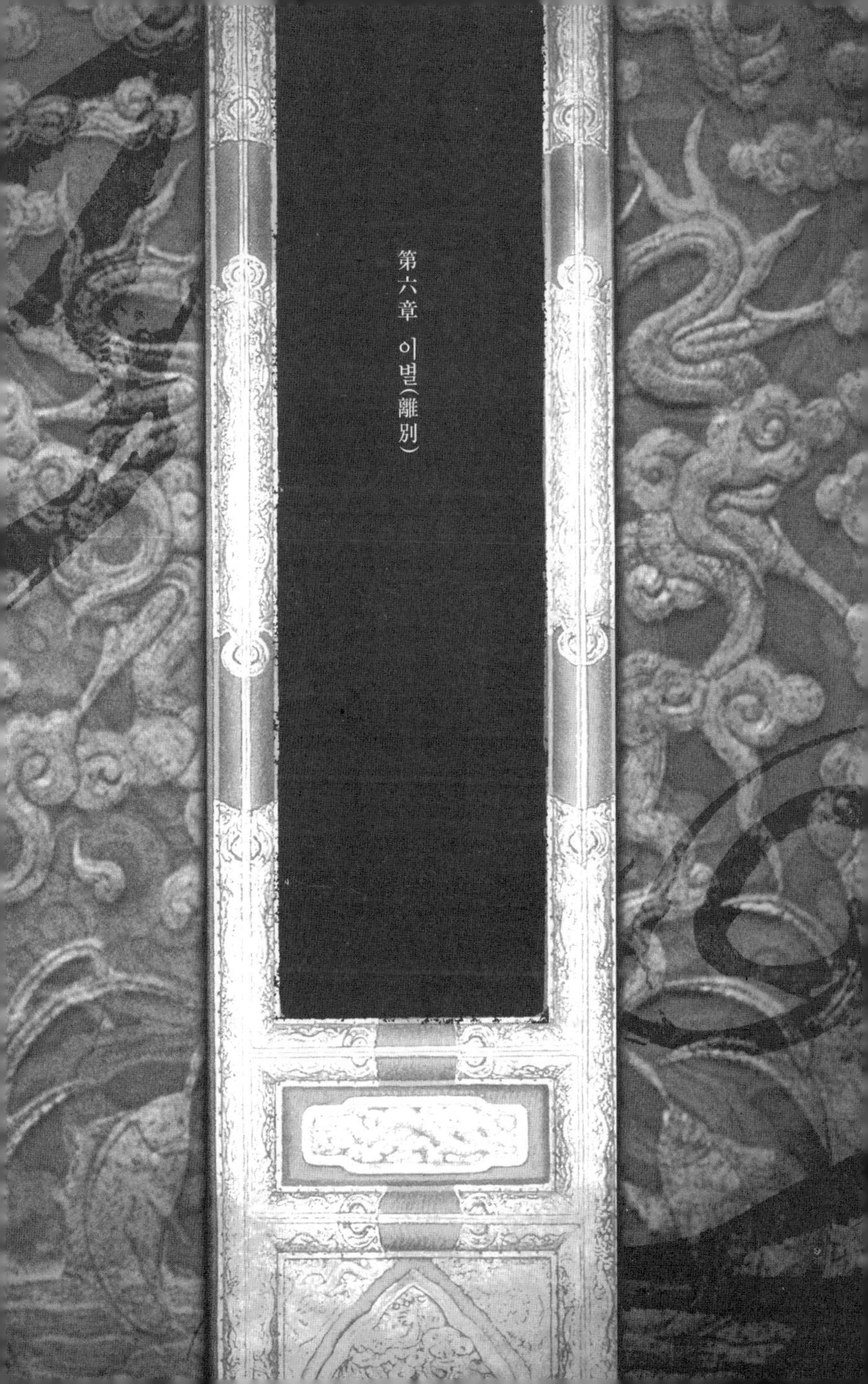第六章 이별(離別)

破天魔

파천마

“실패라니? 공주의 행로를 정확히 알려주고, 신주오흉과 무령쌍괴까지 동원했는데 실패했단 말이오?”

고수당의 물음에 일회주가 대답했다.

“보고에 따르면 납치에는 성공했으나 호위와 관군에 의해 다시 빼앗겼다고 하오. 신주오흉과 무령쌍괴는 실종 상태고.”

“일이 벌어진 곳이 사천성이라고 하셨지요?”

물은 사람은 목회주(木會主)였다.

“그렇소.”

"내가 좀 더 자세히 알아보겠소이다."

현기조는 목회주가 나설 줄 알았다. 바로 그가 사천당문(四川唐門)의 문주인 당군위(唐君威)이기 때문이다.

"한 번 실패했으니 이번에는 더 정교하게 시도를 해야겠소이다."

말을 한 자는 곰처럼 우람한 덩치를 가진 수회주(水會主)였다.

장강수로십팔채(長江水路十八寨)의 채주(寨主) 방극산(邦極山).

장강수로십팔채의 뿌리는 녹림(綠林)이었다. 산도적이 장강으로 와서 수적이 된 것인데, 당대의 방극산은 그 수적을 이끌고 녹림까지 정복해 버렸다.

가히 중원 도적의 왕이라고 할 수 있는 사람이 방극산이었다.

"납치 사건 이후 경비가 너무 철저해졌소. 무령쌍괴와 신주오흉처럼 돈에 눈이 멀어 공주를 납치하려는 무림인도 구하기 쉽지 않소. 행여 여러분 스스로의 세력으로 시도를 해보실 수 있다면 내 정보는 주겠지만 말이오."

일회주의 말에 아무도 나서는 이가 없었다. 사천당문이고 장강수로십팔채고 고수당이 문주로 있는 혈영문(血影門)이고 간에 자칫 정체가 드러났다가는 황궁의 표적이 된다.

주혜민의 납치가 중대한 사안이기는 하지만 문파의 존폐
를 걸 정도까지는 아니었다.

"그럼 공주를 이용해 황후(皇后)를 협박하겠다는 계획은
취소되는 것이오?"

가장 먼저 입안을 한 사람이 일회주이니 물음은 자연 그에
게로 향했다.

"다른 방법을 찾아야지요. 황궁비고(皇宮秘庫)의 열쇠를 손
에 넣어야 우리의 대업이 그만큼 빨리, 완벽하게 이뤄질 수
있으니 말이오."

황궁비고.

자금성의 어딘가에 위치해 있다는 것만 알려졌을 뿐 정확
한 위치를 아는 사람은 황제와 황후밖에 없다. 그곳에 들어갈
수 있는 열쇠 또한 오직 그 두 사람에게만 전해진다.

현기조가 말했다.

"황궁비고의 그 물건이 있으면 최상이겠지만, 설사 손에
넣지 못하더라도 우리의 대업을 이루는 데는 문제없을 것이
오. 그러니 이 일의 성패에 너무 연연하지 맙시다. 그리고 목
회주께서는 공주 납치 실패의 진상을 좀 더 명확히 알아봐 주
시오."

"다음 모임 때까지 알아오겠소."

*　　*　　*

"도련님, 손 한 번만 잡게 해주십시오."

고불송(高佛松)의 말에 황세은은 선뜻 손을 내밀었다.

"고맙습니다. 신선님 손자 분의 손을 잡다니 제 일생의 영광입니다."

하지만 굽실대던 고불송의 모습은 홍락가를 벗어나자 전혀 딴판으로 변했다.

눈은 차가워지고 반쯤 굽었던 허리는 쭉 펴져서 육 척의 당당한 본래의 체구로 돌아왔다.

알아본 결과 황궁에 보고된 것과는 다르게 주혜민을 구한 사람은 황세은과 그의 조부라고 했다.

목격자가 한둘이 아니니 틀림없을 것이다.

'조부라는 사람은 누구일까?'

신선이라는 말은 믿지 않았다. 아마 무림의 고수일 것이다.

자결을 하려는 호위의 검을 허공에 손짓 한 번으로 빼앗았다는 그 말만은 신선만큼 믿을 수 없지만 그래도 상당한 경지에 이르렀을 게 확실하다.

무림에서 신주오흉과 무령쌍괴의 손에서 주혜민을 구할 수 있는 사람은 채 쉰 명이 되지 않을 것이기 때문이다.

당장은 그 노인의 정체를 파악하는 게 급선무다. 그래서 아까 황세은의 손을 잡을 때 천리추종향(千里追蹤香)을 묻혀놓았다.

황세은이 어딜 가든 그의 손아귀를 벗어날 수 없었다.

어둠이 슬그머니 그 깃을 내릴 때쯤 황세은이 움직였다. 고불송은 콧구멍의 모공을 활짝 열었다.

삼십 년 동안 오직 추적술에만 매달렸다. 그의 후각은 개의 그것보다 몇 배는 더 뛰어난 능력을 발휘한다.

그래서 천리추종향 특유의 냄새를 놓치지 않고 쫓을 수 있는 것이다.

냄새는 곧장 대파산으로 이어졌다. 그곳에 산다고 하더니 곧장 집으로 가는 모양이다.

산에 도착했을 때는 어둠이 짙게 내려 있었다. 달도 구름에 가려 밤의 장막은 한 자 앞의 사물도 구분하기 힘들게 만들었다.

고불송이 황세은의 뒤를 추적하는 임무를 맡은 건 뛰어난 추적술 때문이지 무공이 높아서가 아니었다.

경신술 조금 익힌 게 전부이니 무공이 높은 고수들처럼 밤을 대낮처럼 볼 수는 없었다.

그래서 밤에 냄새를 따라 산을 올라가는 건 여간 고역이 아니었다.

"젠장, 꼬마 놈이 밤늦게 산을 싸돌아다니고 지랄이야."

그는 투덜거리며 천리추종향의 냄새를 맡기 위해 열심히 코를 킁킁거렸다.

황세은이 무공을 익혔을 수도 있기 때문에 최대한 멀리 떨어져서 추적을 하는 중이었다.

길도 없는 산의 중턱쯤 올랐을 때 힘에 겨운 그의 심장은 금방이라도 터질 것처럼 쿵쾅거렸다.

이럴 줄 알았으면 자원하지 않았을 텐데, 괜한 고생을 사서 한다는 생각이 들었다.

산을 두 시진 넘게 오른 후에야 비로소 향이 강해졌다. 황세은이 가까이 있다는 뜻이다.

고불송의 걸음은 조심스러워졌다. 들키는 날에는 산중 고혼이 될 수도 있었다. 다행히 산을 오르는 동안 구름에 가렸던 달이 얼굴을 내밀어 희미하게나마 주변을 살필 수 있었다.

황토로 된 경사가 완만한 언덕을 지나자 오 장 전면에 동굴이 보였다. 향은 그곳에서 풍겨오고 있었다.

'산중의 동굴에서 생활한다고?'

뭔가 미심쩍기는 했지만 증거가 가리키니 따라가는 수밖에 없었다.

나무에 몸을 숨기며 느리게 다가간 동굴 앞에는 생긴 지 얼마 안 된 발자국이 있었다.

‘황세은의 것이겠지?’

동굴 안은 달빛의 침입을 허락하지 않아 볼 수가 없었다.

그는 망설이다가 돌아섰다. 무공도 약한 그가 고수의 거처를 침입하는 건 자살 행위다.

‘거처를 알아냈으니 내 할 일은 다 한 거야.’

돌아서는 그의 후각에 다른 냄새가 걸렸다. 아니, 이전부터 풍겼던 냄새지만 천리추종향에 너무 집중하다 보니 놓친 것이다.

육식동물 특유의 노린내.

고불송은 이 냄새가 어떤 종류의 동물인지 정확히 알고 있었다.

굳어진 몸을 천천히 돌리자 옅은 으르렁거림이 들렸다.

어둠 속에서 스스로 빛을 발하는 두 개의 커다란 눈. 호랑이다.

‘젠장!’

*　　　*　　　*

“호랑이가 가만있더냐?”

“저번에 만났을 때 혼쭐을 내줬거든. 알아보고 꼬리를 내리던걸?”

“흔적은 깨끗이 지웠고?”

“오향초(五香草)로 문질렀으니 다 사라졌을 거야.”

“어디 냄새 좀 맡아보자.”

황인하는 후각을 열었다. 오향초의 냄새가 너무 진해서 그 속에 담긴 다른 향을 맡기 위해서 꽤나 신경을 써야 했다.

하지만 결국 냄새의 정체를 알았다.

“천리추종향?”

육십 년도 훨씬 이전에 맡아본 적이 있다.

“어떻습니까? 절대 잊을 수가 없는 향이죠? 평범한 사람은 맡을 수 없지만 황 선배님처럼 고수라면 능히 이 향을 쫓으실 수 있을 겁니다. 한 병 드릴까요?”

그 말을 했던 이는 지금쯤 전전대로 남았을 사천당문의 문주 당선제(唐善提)였다.

천리추종향은 오직 사천당문에서밖에 만들 수 없다고 당선제는 확언을 했었다.

‘사천당문에서 세은이를 쫓는단 말인가?’

단순한 호기심으로 귀한 천리추종향을 낭비할 리가 없다.

결국 우려하던 일이 현실로 벌어진 것이다. 주혜민을 구하는 바람에 황세은이 음모에 말려들었다고밖에 볼 수 없었다.

　다만 오대세가의 하나로, 비록 손속이 잔인하고 독하기는 해도 정파로 분류되는 사천당문이 주혜민 납치의 음모에 가담했다는 게 안타까웠다.

　사천당문이 주체는 아닐 터. 그게 더 걱정스러웠다. 사천당문이 손을 잡을 정도면 배후의 힘은 그보다 훨씬 클 것이다.

　'아무래도 거대한 암운이 드리우는 것 같군.'

　사천성의 오랜 패자 사천당문이 가세했다. 그런데 그것이 공주의 납치다.

　황궁과 무림을 아우르는 음모이니만큼 그 여파는 상상을 초월할 것이다.

　'어찌해야 하나?'

　예전의 그였다면 목숨을 걸고 암중인들의 음모를 파헤쳤을 것이다.

　하지만 그는 이미 세상을 등졌고 다시 나가고 싶은 마음도 없었다.

　그리고 그가 개입한들 사건이 해결될 것 같지 않았다. 그에게 남은 시간이 얼마 없는 까닭이다.

　황인하는 걱정스러운 눈으로 손을 씻으러 나가는 황세은을 봤다.

　'저 아이에게 짐을 지워야 하나?'

＊　　　＊　　　＊

"싫어."

대답이 너무 단호해서 당황스러웠다.

"나쁜 놈들을 혼내주기 싫단 말이냐?"

"눈앞에 있다면 모를까 숨어 있는 놈들을 찾아야 하잖아? 귀찮아."

그동안 일어났던 일과 자신의 예상을 보태서 황세은에게 얘기를 해주었다.

그리고 이 음모를 파헤칠 사람은 황세은밖에 없다며 우쭐할 수 있는 아부성 발언까지 날렸다.

그런데 단칼에 거절이니 당황스러울밖에. 그것도 귀찮다는 이유로.

"공주가 위험할 수도 있다."

"그럼 가서 공주만 지키지, 뭐."

"네가 세상을 구하겠다면 내가 무공도 가르쳐 줄 텐데?"

그 대목에서는 조금 망설였다.

"그냥 가르쳐 주면 안 돼?"

"무릇 가면 오는 것이 있어야지."

"에이, 할아버지 손자 사인데 치사하게."

“부자지간에도 거래는 확실히 해야 하는 법이다.”

그리고 또 고민을 하더니 이번에도 고개가 좌우로 움직였다.

“관둘래.”

“의와 협을 행하는 일인데 왜 싫단 말이냐?”

“내 꿈은 세상을 자유롭게 여행하는 거야. 그런 일에 얽매이기 싫단 말이야. 그냥 할아버지가 하면 되잖아?”

황인하는 황세은을 물끄러미 보았다.

“세은아, 할아버지가 해결하기에는 시간이 너무……”

“그런 얘기 듣기 싫어!”

자리를 박차고 일어난 황세은은 밖으로 나가 버렸다. 그도 황세은도 내색하지는 않았지만 헤어짐의 시간이 가까워짐을 알고 있었다.

“녀석.”

세상에 드리운 암운을 황세은이 짊어지기에는 너무 무거워 보였다.

전에는 황세은이 무림에 발을 들이지 않기를 바랐다. 무림인보다는 관인으로서 평범하게 사는 게 행복이라 생각했기 때문이다.

그러나 주혜민의 납치 사건이 말해주듯 세상은 혈풍이 불 조짐을 예고하고 있었다.

일국의 공주를 아무렇지 않게 납치하고, 사천성의 패자가
관여한 음모라면 혈풍은 천하를 덮을 게 분명하다.

그걸 알면서도 그저 황세은의 행복만을 생각할 수는 없었
다.

더구나 황세은은 단순히 황세은이 아니다. 그 안에는 천무
백이 있고, 그가 행한 악행 또한 고스란히 남아 있다.

비록 손에 묻은 피는 씻었다 할지라도 그 피를 흘린 사람은
존재하듯이 말이다.

황세은 이전의 천무백에게는 세상에 대한 빚이 있는 것이
다.

죽어서 가는 내세가 있는지 모른다. 그의 나이가 아무리 많
고 가진 능력이 하늘에 닿는다 할지라도 저 세상까지 볼 능력
은 주어지지 않았다.

하지만 만약 천당이 있고 지옥이 존재한다면 황세은은 어
디로 갈까?

천무백의 죄를 그대로 안고 지옥으로 떨어질지, 온전한 황
세은으로 평가받을지 알 수 없었다.

그 불확실성 때문에라도 황세은에게 기회를 주고 싶었다.

만인의 피로 세상을 도탄에 빠뜨렸으니 만인을 구하는 것
으로 속죄할 그 기회를 말이다.

하지만 본인이 저토록 싫다고 하니 난감할 노릇이다. '네

안에 천무백이 있다' 라는 사실을 알려줄 수는 없었다.

황제 자리도 자기가 싫으면 그만인 법. 한 가지 고민은 무공을 전수해 주느냐이다.

"어떻게 해야 할까?"

*　　*　　*

해가 붉은 피를 토하고 어둠이 이불처럼 내려앉은 후에도 왕서연은 자리를 뜨지 않았다.

벌써 열흘째다.

하루도 빠짐없이 그 자리에서 기다렸지만 황세은은 오늘도 나타나지 않을 모양이다.

"하아—!"

걱정 어린 한숨이 새어 나왔다. 단 한마디 말도 없이 갑자기 사라져 버린 황세은 때문에 잠도 제대로 잘 수 없었다.

"무슨 일이 생기신 걸까?"

*　　*　　*

세월은 살 같이 흘렀고 무림에는 많은 변화가 일었다. 큰 사건 중 하나는 역시 천하십대고수 중 여덟 번째를 차지하고 있던 일수만살 배웅교의 죽음이었다.

복상사라는 원인은, 그래서 그의 죽음을 농담처럼 만들어 버렸다.

파천추맹의 맹주였던 그가 죽자 다음 대 맹주로 혈영문의 문주인 혈영조 고수당이 올랐다.

마도의 세력이 규합해서 만든 단체이기에 자식을 후계자로 정하는 경우는 없었다.

각 문파의 우두머리가 원로회의를 해서 가장 많은 지지를 받은 자가 맹주가 된다.

물론 고수당에게는 그럴 자격이 충분했다. 몇 년간 몰라보게 성장한 세력 하며 그 자신의 무공은 배웅교에 비교해도 뒤질 게 없었다.

그래서 혹자는 배웅교의 죽음 뒤에 고수당이 있다고 수군댔지만, 그런 얘기는 술자리의 안주에 불과했다.

배웅교의 죽음보다 더 큰 충격은 패왕성에서 일어났다.

파천마가 성주로 있을 때의 패왕성은 무림에 드리운 그림자에 비해 크지 않았다.

악행을 일삼는 것 외에는 온통 무공에만 전념했기 때문에 세력을 넓히는 데 관심이 없었다. 자연 수하들 수도 많지 않았다.

평생 파천마를 따르던 십팔마인(十八魔人)과 이백 명 남짓

한 인원이 전부였다.

　적은 수에도 불구하고 파천마를 비롯해 십팔마인 개개인의 무공이 워낙 강했기에 명실공이 최강의 문파로 군림할 수 있었다.

　그런 패왕성이 파천마 실종 팔 년 만에 문호를 개방했다.

　비록 파천마가 없어 그 의미는 퇴색됐지만, 사람들은 마의 하늘이 열린 것이라고 입을 모아 말했다.

　파천마를 따르던 십팔마인만으로도 능히 천하를 제패할 힘이 있었다. 십팔마인 중 두 명이 천하십대고수에 당당히 이름을 올리고 있으니 말이다.

　패왕성이 자리 잡은 안휘성(安徽省)은 그래서 숱한 흑도인이 몰려들었다.

　안휘성에 자리한 남궁세가가 불쌍하다고 사람들이 입을 모은 이유였다.

　마도의 움직임이 그런 가운데 정파에도 조용한 변화의 바람이 불었다.

　무림의 가장 큰 세력인 일성(一城), 쌍문(雙門), 삼맹(三盟) 여섯 개 중 오대세가의 연합인 오대협문의 문주가 바뀐 것이다.

　동등한 위치의 연합이기 때문에 십 년마다 한 번씩 문주가 교체되었고, 이번에는 사천당문이 맡을 차례였다.

그 외에도 꽤나 이름이 알려진 무림인들의 실종과 죽음 같은 사건들이 이 년 사이에 꽤나 많이 일어났다.

하지만 워낙 바람 잘 날 없는 무림이었기에 며칠 인구에 회자되다가 흘러가 버린 강물처럼 잊히고는 했다.

무림이 그렇게 돌아가는 동안 대파산의 세월도 함께 지나갔다.

*　　　*　　　*

통소 소리가 은은하게 밤하늘을 갈랐다. 황인하는 마당의 나무 위에 걸터앉아 통소를 불고 있는 황세은을 보고 있었다.

무공을 전수하며 심심파적으로 가르쳤는데 이제는 그의 귀를 즐겁게 할 실력까지 올랐다.

이제 열여덟 살이 된 황세은은 그럼에도 그리 많이 변하지 않았다.

키는 좀 자랐지만 여전히 곱상한 얼굴에 하얀 피부를 가졌다.

저때의 천무백은 키가 육 척을 훨씬 넘어 있었다. 천무백과 닮지 않은 게 오히려 마음에 들었다.

하지만 무공에 대한 자질은 오히려 뛰어나서 황인하는 가르칠 맛이 났다.

황세은이 세상에 드리운 음모를 파헤치겠다는 약속을 해서 무공을 전수한 건 아니었다.

여전히 황세은의 꿈은 세상을 다 돌아보는 바람 같은 존재였다.

하지만 황인하는 운명이라는 걸 믿었다.

특별한 인간에게는 언제나 특별한 운명이 찾아오게 마련이다. 거부하고 싶다고 피해지면 운명이라고 부르지도 않을 것이다.

연주를 끝낸 황세은이 나무에서 내려왔다.

"좋구나."

"특별한 퉁소 덕분이지."

뒤뜰에서 키운 붉은 대나무로 만든 퉁소였다. 우후죽순(雨後竹筍)이라는 말처럼 빨리 크는 대나무가 아니었다. 그리고 보통의 대나무처럼 군락을 이루지도 않는다.

두 개가 한 쌍으로 한 곳에 자라는 적죽(赤竹)은 일 년에 겨우 한 뼘 남짓밖에 크지 않는다.

그런 귀한 대나무답게 예리한 검으로도 자르기가 어려웠다.

그런 적죽에 한철(寒鐵) 가루를 섞고 약물에 백 일 동안 담가 그 강도를 더했다.

천하십대병기(天下十代兵器) 중 두 번째인 홍해검으로도 자를 수 없을 것이다.

군이 특별한 퉁소를 만든 건 병기로 사용하기 위해서였다.

앞으로 은밀히 활동해야 할 경우가 많을 텐데 검을 휴대하는 건 너무 눈에 띄었다.

퉁소가 무기이니 무공의 변형도 이뤄졌다. 오십 년 가까이 홀로 세상과 떨어져 있었던 황인하는 자신이 익힌 무공을 새로이 정립했다.

처음에는 그저 딱히 할 일이 없어서 시작했는데 하다 보니 무공의 새로운 진의를 깨닫게 되었다.

지금의 황인하라면 석년의 천무백이라도 능히 감당할 수 있을 것 같았다.

그렇게 깨달은 진의는 지난 이 년 동안 오롯이 황세은에게로 흘러갔다.

그가 익힌 무학이 너무 방대해 모두 전수하기에는 시간이 짧았지만, 가장 강하고 심후한 무공은 대부분 전수해 주었다.

그것을 완벽하게 익히는 건 황세은의 노력에 달렸다.

황인하의 무공이 워낙 난해해서 경공이나 이화접목처럼 단숨에 익히지는 못했으나 결국 시간이 해결해 줄 것이다.

"갑갑하지 않느냐?"

사천당문이 납치 사건에 연루됐다는 걸 안 그때부터 일절 밖에 나가지 않았다.

그런데도 황세은은 용케 고집부리지 않고 무공 수련에 몰두했다. 철이 들었다는 뜻이다.

"괜찮아. 할아버지와 함께 있는 것이 좋아."

"말이라도 고맙구나. 허허허!"

"그러니까 나하고 오래오래 있어야 해."

꺼내기 싫은 얘기라 황인하는 화제를 바꿨다.

"원화백팔식(圓花百八式)을 한번 펼쳐 보거라."

원화백팔식은 황인하가 평생 익힌 검법의 진수를 담아놓았다.

통소에 맞춰 변형을 했다고 해도 위력은 떨어지지 않았다.

무리(武理)를 완전히 이해하는 황인하에게는 검이나 단봉이나 별 차이가 없기 때문이다.

화우웅―!

통소가 움직이자 특유의 낮고 은은한 소리가 울렸다. 부드럽게 원을 그리며 도는 황세은의 움직임은 하나의 춤사위를 보는 것 같았다.

날카로움은 전혀 없는, 온통 원의 공가이다. 바닥에 떨어진 자잘한 낙엽들이 황세은을 따라 둥실 떠올랐다.

공력을 일으키지 않았고 움직임도 빠르지 않다. 하지만 느린 듯한 원의 움직임 안에는 수천 가지의 변화를 담고 있었다.

밀고 당기고 찌르고 베는, 변과 쾌, 환이 보이지 않는 그물이 되어 공간을 지배하고 있었다.

물론 황인하가 보기에는 아직 부족하지만, 이 년 만에 다른 무공까지 익히면서 오성의 경지에 다다른 건 황세은의 자질과 노력을 증명하는 것이었다.

황세은의 내공은 이미 등봉조극(登峰造極)의 경지에 이르러 있었다.

온갖 영약과 황세은 모르게 조금씩 그의 내공을 넣어준 덕분이었다.

황세은의 춤사위를 보면서 황인하는 아쉬움을 느꼈다.

'허허! 오래전에 생에 대한 미련은 버렸다고 믿었거늘.'

하지만 생로병사는 살아 있는 생명이라면 절대 피해갈 수 없는 자연의 섭리다.

이제 그의 빛은 그 밝기를 다히고 있었다. 그전에 황세은에게 한 가지 더 전해줄 게 있었다. 세상에 나가면 무공보다 훨씬 중요할지도 모른다.

그가 서재에서 책을 가져온 사이 황세은의 춤사위는 끝나 있었다.

"이리 오너라."

"그 책은 뭐야?"

"이곳에 들어올 때 내가 유일하게 가져온 책이니라."

현재 집에 있는 책들은 모두 황인하가 직접 만든 것이다.

나무를 베고 껍질을 벗겨 그것으로 종이를 만든 후 기억하고 있는 내용을 일일이 손으로 적었다.

하지만 지금 그가 들고 있는 양피지로 만든 이 책은 그가 읽어본 책 중 가장 감탄할 내용이 담겨 있었기에 가지고 들어온 것이다.

"동세력법(動世力法)?"

"팔십 년 전 사일현(司一賢)이란 친구가 써서 내게 준 책이다. 그 이름이 세상에 알려지지는 않았지만, 천재라고 불려도 손색이 없는 그런 친구였다. 쓰기는 했지만 악한 무리의 손에 들어가면 세상에 화가 미칠 수도 있기에 내게 맡긴 것이다."

"무공이야?"

"어쩌면 천하제일무공보다 더 무서운 것일 수도 있다. 이 책은 작게는 거짓과 진실을 알아볼 수 있는 눈을 가지게 해주고, 크게는 세상의 모든 간계를 꿰뚫어 볼 수 있는 방법을 알려줄 것이다."

황세우은 신기하다는 눈으로 손가락 두 매듭 두께의 책을 펼쳤다.

"내용을 다 외운 후에는 태워야 하느니라."

"하지만 할아버지가 아끼는 책이잖아."

"책의 내용이 기억되는 것으로 족하다. 노파심에 하는 말

인데, 이 책의 내용을 밖에 흘리거나 나쁜 곳에 써서는 절대
안 되느니라."

"당연하잖아."

그날부터 황세은은 동세력법에 빠져들었다.

그 책에는 사람들이 왜 거짓말을 하며, 거짓말을 할 수밖에
없는 이유, 그리고 단지 눈과 표정만 보고 그것을 알아내는
방법 등이 세세하게 기술되어 있었다.

황인하의 말대로 그것은 작은 부분이었다. 어떤 간계가 있
을 때 그것이 간계라는 걸 알아채는 방법까지도 세세하게 기
록되었다.

너무 자연스러워도 의심하고, 자연스럽지 않아도 의심하
라는 말은 일견 모순 같지만 전체를 보는 눈을 기르면 그 두
가지 모두에서 간계를 찾아낼 수 있었다.

단 세 가지 예만 들었을 뿐인데 읽는 이가 바로 이해할 수
있을 정도로 설명이 잘 되어 있었다.

거기에는 또 사람의 마음을 움직이는 방법도 수록되었다.

가장 쉽고 간단한 건 인간의 욕심을 이용하는 것이었다. 너
무도 간단해서 채 반 장이 되지 않았다.

그 후로 서른세 가지 유형의 인간이 나왔다. 세상에 사람은
모래알처럼 많지만 큰 범주에서 그 서른세 가지의 유형을 벗
어나는 사람은 극소수라고 했다.

그들의 특징과 그런 유형의 사람들이 가진 약점이 세세하게 기록되어 있었다.

그 외에 한 가문을, 한 문파를, 또 한 지방을 제패하는 방법까지도 알려주었다.

단 한 권의 책이 그 모든 것을 넣고도 내용이 부족하지 않았다.

황인하의 말대로 사일현이라는 사람은 천재가 분명했다.

맹세코 황세은은 동세력법만큼 재미있는 책을 본 적이 없었다.

그래서 무공보다 오히려 책과 함께하는 시간이 많았다. 세 번, 네 번을 읽었어도 다섯 번째 읽으면 또 새로운 깨달음이 찾아오니 가히 신기한 책이었다.

그렇게 다시 석 달이 훌쩍 지났고, 황세은이 모르는 사이 자연의 순리를 맞아야 할 시간이 성큼 다가왔다.

*   *   *

황세은의 등에 황인하의 장심이 닿았다. 그의 손길을 느낀 황세은이 움찔 몸을 떨었다.

"뭐하는 거야?"

"운기조식을 하거라."

“나 혼자 하면 돼. 할아버지가 굳이 내공을 나눠 줄 필요 없단 말이야.”

“네 내공을 높여주려는 게 아니다.”

“그럼?”

“끝난 후에 얘기해 주마.”

영문을 모르는 황세은은 운기조식을 시작했다. 손바닥에 황인하와 종류가 같은 맑은 기운이 느껴졌다.

황인하는 천천히 내공을 보내서 황세은의 내공과 합류를 했다.

중추혈(中樞穴)과 요공혈(腰公穴)을 지나 단전으로 스며들자 그곳에 내공을 모았다.

아직도 그곳에는 미약하게나마 마기의 기운이 느껴졌다.

황인하는 내공을 흘려보내 정순한 기운으로 마기를 감쌌다.

콩 크기만큼 느껴지던 마기가 그의 내공에 눌려 점점 작아졌다.

쌀알만큼, 좁쌀만큼 점점 작아지더니 바늘의 끝부분만큼이나 작게 줄어들었다.

황인하는 그 마기를 아예 없애기 위해 끊임없이 내공으로 조였다.

“으음!”

황세은의 입에서 옅은 신음이 나왔다. 단전에서 싸움이 일어나고 있으니 고통을 느끼는 것은 당연했다.

[움직이지 마라!]

전음술의 최고 단계인 혜광심어(慧光心語)로 황세은의 동요를 막았다.

단전에서의 싸움은 계속됐다. 밀리고 밀린 마기는 느끼기 힘들 정도로 그 크기가 작아졌지만 쉽게 사라지지 않았다.

이각을 넘어 반 시진에 가까워지건만 마기는 끝내 단전의 깊은 곳에 파고들어 끈질긴 생명력을 이어갔다.

그사이 황세은의 몸은 부들부들 떨리고 땀이 떨어지기 시작했다.

한서불침(寒暑不侵)의 황세은이 땀까지 흘린다는 건 고통의 크기를 말해주는 것이다.

'정녕 완전히 사라지게 할 수는 없단 말인가?'

그의 내공은 겨우 생명을 유지할 정도밖에 남지 않았고, 황세은의 인내도 한계에 다다랐다.

결국 황인하는 작은 점으로 남은 마기를 정순한 내공으로 단단히 감싼 것으로 만족해야 했다.

그가 내공을 거두자 황세은의 어깨가 반 뼘쯤 내려갔다.

“후우—!”

긴 한숨을 쉰 황세은이 성난 얼굴로 고개를 돌렸다.

“날 죽이려고 작정… 할아버지!”

내공을 거의 소모한 탓에 피곤했다. 아마 그 피곤이 얼굴에 그대로 드러나 있을 것이다.

“어서 침상으로!”

침상에 누운 황인하의 손을 황세은이 잡으려 했다. 그 손길을 밀어낸 황인하가 말했다.

“병이 아니니 고칠 수도 없느니라.”

“무슨 소리야! 그동안 배운 의술이 어딘데!”

“아무리 뛰어난 의원도 세월이 떠미는 죽음은 막을 수가 없느니라.”

“할아버지…….”

“슬퍼하지 마라. 죽을 날을 알고 준비할 수 있었던 나는 행복한 사람이다. 네가 이 순간을 지켜주니 더 이상 바랄 게 뭐가 있겠느냐?”

“나 때문에… 나한테 내공을…….”

“아니다. 아니야. 어차피 오늘이었어. 세은아.”

“응.”

“내게 약속해 줄 게 있다.”

“뭐든지 말해.”

“절대, 무슨 일이 있어도 의와 협을 버려서는 아니 된다. 의와 협을 네 생명처럼 생각해야 하느니라. 약속할 수 있겠느냐?”

“응. 약속할게.”

황인하는 주름진 손으로 황세은의 볼을 쓰다듬었다. 부드러운 감촉이 좋았다.

'내 손자이면서 벗이여, 먼저 가서 기다리고 있겠네.'

잠이 밀려오는 것처럼 그렇게 죽음이 그의 몸을 덮었다.

“할아버지—!”

第七章 출도(出道)

　　희미한 호롱불이 옷을 꿰매는 손길의 그림자를 일렁이게 했다. 처음에는 바늘에 찔려 피도 나고 솜씨가 없다고 타박도 받았다.

　　하지만 이 년이 지난 지금은 홍락가 여인들의 옷을 꿰매는 건 온전히 왕서연의 몫이 되었다.

　　벌이는 신통치 않았지만 낯선 남자 앞에서 벌거벗는 것보다는 마음이 편했다.

　　옆구리가 터진 옷을 다 꿰매고 다음 옷을 집던 왕서연의 입에서 가는 한숨이 나왔다.

이렇게 일에 열중하다가도 문득문득 황세은이 떠올랐다.

'내가 미친년이지.'

고작 열여섯 살짜리 소년이다. 당시에도 스물세 살이나 되었던 왕서연이 넘볼 사람은 아니었다.

나이는 무시한다고 해도 황세은은 공주마저도 우습게 알던 대단한 인물이다.

그런 사람을 향한 연정은 결국 상처만 남게 된다는 걸 세파에 시달릴 대로 시달려 본 왕서연이 모를 리 없었다.

하지만 사랑이란 이성으로 조절할 수 있는 게 아니다. 그럴 수만 있다면 이 세상의 사랑 중에 칠 할쯤은 사라져 버릴 것이다.

그녀는 머릿속의 황세은을 털어버리고 다시 일에 열중했다.

아픈 무릎을 두드려 가며 비느질을 하고 있는데 어디신가 목소리가 들렸다.

"솜씨 좋은데?"

깜짝 놀란 왕서연은 고개를 들었다. 앞에는 아무도 없었다. 고개를 돌리고서야 창문에 걸터앉아 있는 사람을 볼 수 있었다.

목소리를 들었을 때부터 '혹시나' 했다. 이 년이 지난 지금도 그의 음성은 꿈속에서까지 나타나 잊을 수가 없었다.

“도련님……..”

모습이 조금도 변하지 않았다. 아니, 변하기는 했지만 세월
의 흐름 따라 상상했던 모습보다는 훨씬 어려 보였다.

방으로 뛰어내린 황세은은 옷이 수북한 탁자를 사이에 두
고 앉았다.

“이게 지금 하는 일이야?”

울컥 쏟아질 것 같은 눈물처럼 큰 격정이 밀려왔다.

“이 년 만에 나타나서 한다는 소리가 고작 그거예요!”

그동안의 서운함이 눈물 대신 외침으로 터져 나왔다.

“쉿! 내가 온 걸 아무도 알면 안 돼.”

왕서연은 황급히 자신의 입을 막았다.

“무슨 일이 있으세요?”

“공주를 납치했던 녀석들이 아직도 날 찾고 있을지 몰라.”

“그것 때문에 이제까지 못 오신 거예요?”

“그게 아니면 재미있는 이곳을 내가 왜 안 왔겠어?”

그런 사정이 있었구나. 그럼 그렇지. 아무 이유 없이 훌쩍
사라져 버릴 황세은이 아니었다.

뒤늦게 눈물이 쏟아졌다. 순백의 하얀 어깨에 얼굴을 묻고
울고 싶었지만 왕서연은 그저 소리 없는 눈물만 뚝뚝 흘렸다.

“왜 그래? 왕 소저도 무슨 일이 있는 거야?”

“도련님이 돌아오셨으니 그게 큰일이죠.”

"다시 만나서 나는 기쁜데, 왕 소저는 슬픈가 보지?"

너무 기뻐도 눈물이 난다는 걸 아직 모르는 모양이다.

"배고프다. 먹을 것 없어?"

황세은이 허기진다는데 없으면 훔쳐서라도 가져와야지.

"잠시만 기다리세요."

문을 나서려던 그녀는 '가만 계셔야 해요?' 하는 다짐을 받았다.

부지런히 달려가 만두며 소고기 볶음, 오리구이 등을 푸짐하게 사 왔다.

꿰매던 옷을 치운 탁자 위에 가득 음식이 차려졌다.

"공주님을 납치했던 그 나쁜 놈들 정체는 알아내셨어요?"

"개중 한 군데는 아는데, 아마 전부가 아닐 거야. 할아버지가 그렇게 말씀하셨어."

"신선님은 잘 계시죠?"

"돌아가셨어."

숨이 턱 막혔다. 신선이 죽을 수 있다는 게 믿기지 않았다.

"어, 어떻게 신선님이 돌아가세요?"

"흔히 우화등선(羽化登仙)이라고 하지. 비로소 진짜 신선이 되신 거야."

아무렇지 않게 얘기를 하는 황세은 때문에 그 죽음이 더 슬펐다.

“천천히 드세요.”

“왕 소저도 먹어.”

“네.”

일각이 지나지 않아 탁자 위의 음식은 깨끗하게 비워졌다.

이런저런 지나간 얘기들을 하다가 왕서연이 물었다.

“나쁜 놈들이 찾고 있으니 여기 계시지는 못하겠네요?”

내심 간절히 소망하던 대답은 역시 나오지 않았다.

“응. 빨리 떠나야 해.”

짧은 만남 뒤의 예고된 이별은 또 눈물을 만들려고 했다.

“지, 지금 바로 가실 거예요?”

“왕 소저하고 하룻밤은 보내고 가야지.”

“어머, 망측하게. 어머!”

“뭐가? 밤새 얘기나 하자는데 그게 망측해?”

“네? 아, 물론 그래야죠. 네, 당연히 얘기만… 하하하!”

엉뚱한 상상으로 무안해진 왕서연은 바쁜 척 꿰매던 옷가지를 치웠다.

그녀가 방구석에 옷을 뭉뚱그려 쌓아놓는 동안 황세은은 피곤하다며 침상에 누웠다.

‘이불이라도 빨아놓을걸.’

이틀 전에 빨아서 더러울 리 없건만 원래 누추한 집은 황세은이 하룻밤을 지내게 하기에도 부끄러웠다.

“이리 와서 누워.”

“네?”

“멀리 있으면 목소리 높여야 하잖아.”

잠시 망설이던 그녀는 조심스럽게 침상으로 갔다. 호롱불을 받아 흔들리는 그림자가 그녀의 불안한 마음을 보여주고 있었다.

침상은 둘이 눕기에는 너무 좁았다. 딱 붙어도 어깨가 침상 밖으로 삐져나왔다.

“안 되겠다. 돌아눕자.”

황세은이 옆으로 누웠다. 그녀도 몸을 돌렸다. 바로 코앞에 황세은의 얼굴이 있다.

여전히 여자처럼 예쁘장한 얼굴이다. 그의 호흡이 코끝에 닿아 솜털을 간질였다.

“왕 소저, 가까이서 보니 미인이네.”

무안할 정도로 얼굴이 금세 빨개졌다.

“다, 당치도 않는 소리를…….”

미인이란 소리를 듣기에는 모자란 용모다. 눈이 크고 코가 마늘쪽 같아서 귀엽다는 얘기는 심심찮게 들었다.

“이번에 떠나면 언제 오실 거예요?”

“글쎄. 어쩌면 못 올 수도 있어.”

가슴이 철렁 내려앉았다.

"저, 정말요?"

"할아버지가 말한 운명이 어디로 향할지 알 수 없으니까."

오늘 밤이 지나면 영원히 못 만날 수도 있다. 그 생각이 먹물처럼 까맣게 왕서연의 머리와 가슴을 덮었다.

아마 그래서였을 것이다, 예전의 입버릇이 그대로 나온 것은.

"저하고 떡 한번 칠래요?"

말을 해놓고 시간이 꽤 지난 후에야 자신이 무슨 소리를 했는지 깨달았다.

"으악! 제가 방금 떡 치자고 한 거예요?"

"응."

"아, 아니… 제… 제 말은 그게 아니라……."

"내가 대답했잖아."

"네?"

"좋다고."

"저, 정말이오?"

"내 첫 여자는 왕 소저일 수밖에 없잖아, 안 그래?"

가슴이 먹먹해졌다. 또 울컥 눈물이 날 것 같았다. 그녀가 그를 사랑하듯이, 그 또한 그녀를 아끼고 있었다.

그가 느끼는 감정이 그녀처럼 사랑이 아니라도 상관없다.

그는 그녀의 품에 있기에는 너무 큰 사람이니까.

단지 하룻밤의 사랑이라도 그를 품을 수만 있다면, 처음을 간직하며 평생 행복할 것 같았다.

"미안하지만 후일을 약속할 수는 없어."

"그런 건… 바라지도 않아요."

"난 어떻게 하는지 모르니까 왕 소저가 알아서 해."

황세은은 반듯이 누워 버렸다.

수백, 어쩌면 수천 번을 했을지도 모를 정사다.

하지만 이 순간만큼은 숫처녀의 그것처럼 떨려서 옷고름조차 제대로 풀 수가 없었다.

그의 옷을 벗기고 자신도 나신이 되었다. 그녀의 부끄러움을 감춰주기 위한 건지 기름이 다된 호롱불이 빛에서 연기로 사라졌다.

어둠 속에서 두 개의 나신이 포개졌다.

*　　*　　*

"후우—!"

황세은은 산의 정상에서 긴 숨을 내뱉었다. 그는 홍락가를 떠나서 곧장 북경으로 향하는 길이었다.

음모에 얽힌 사천당문을 알아볼까 하다가 귀찮아서 관뒀다.

그는 아직도 망설이고 있었다. 여전히 그에게는 바람처럼 세상을 주유하는 게 가장 하고 싶은 일이었다.

세상을 구하느니 온몸으로 의와 협을 행하느니 하는 건 너무 번거로울 것 같았다.

황인하와 한 의와 협을 생명처럼 생각하라는 약속은 지킬 수 있었다. 눈앞에 보이면 당연히 그리할 것이다.

다만 찾아다니는 건 너무 귀찮은 일이었다.

'세상도 구하고 마음대로 주유도 하는 두 가지를 모두 할 수는 없을까?'

내내 고민을 하며 내디딘 걸음은 험준한 봉우리를 벌써 여섯 개나 넘었다. 급한 일이 없기에 경공이 아니라 두 발로 착실하게 대지를 밟아나갔다.

온몸에 느껴지는 자연의 기운이 좋았다.

쏴아아―!

어디선가 물소리가 났다. 마침 목이 마르던 참이었기에 황세은은 소리가 난 쪽으로 잰걸음을 옮겼다.

점점 커지는 물의 마찰음은 소리로 짐작컨대 작은 폭포 같았다.

숲을 헤치고 가자 결이 고운 자갈밭을 접한 냇물이 흐르고 있었다.

산속에 있는 것치고는 꽤나 넓어 일 장은 족히 되어 보였다. 삼 장 높이의 폭포가 왼쪽에서 시원한 포말을 뿌려댔다.

황세은은 냇물에 입을 대고 목을 축였다.

툭!

묵직한 뭔가가 얼굴에 부딪쳤다. 고개를 돌리자 둥글고 검은 게 보였다.

"이게… 힉!"

사람의 머리통이었다. 물속에 머리를 처박은 사람은 죽었는지 물길에 둥둥 떠내려갔다.

"퉤! 시체 썩은 물을 마시다니."

그래도 혹시 몰라 일단은 물 밖으로 끄집어냈다. 몸을 뒤집자 까만 머리색과는 다르게 주름 가득한 노인이었다.

경동맥에 손을 댄 황세은은 노인이 아직 죽지 않았다는 것에 놀랐다.

혹시 노인을 해한 자가 있나 주변을 살피던 황세은은 십 장 저쪽에서 죽어 있는 호랑이를 발견했다.

"호랑이와 싸우다가 이 지경이 된 것 같지는 않은데."

노인은 상처를 입기는커녕 옷도 찢어지지 않았다. 숨이 끊긴 건 아니니 일단 살리고 봐야 했다.

진맥을 한 황세은은 인상을 찌푸렸다. 노인의 몸속에 있는 내공이 생생하게 느껴졌다.

그런데 그 내공이 미친 망아지처럼 날뛰고 있었다. 이건 전형적인 주화입마의 증세였다.

내공의 양으로 보아 노인의 무공은 결코 낮지 않았다. 호랑이 때문에 주화입마에 빠질 수준은 훨씬 넘어섰다.

"살려야 할까?"

그가 고민하는 건 내공에서 느껴지는 사악한 기운 때문이었다.

마공을 익힌 자가 분명하다. 자칫하다가는 독사를 살려 사람을 물려 죽이는 결과를 낳을지도 모른다.

그럼에도 황세은은 치료를 시작했다. 어쨌든 그는 의원이기도 하니까.

"아까워라."

주화입마가 워낙 심해서 떠나올 때 가지고 나온 구지삼홍엽 다섯 개 중 하나를 써버렸다.

그 덕분에 노인의 기혈은 바로잡히고 오히려 내공이 느는 결과를 가져왔다.

"으음……."

노인의 입에서 신음이 새어 나오더니 갑자기 벌떡 일어섰다.

"이 호랑이 새끼가!"

뒷북도 참 뜬금없는 뒷북이다. 호랑이 죽은 지가 언젠데.

"어? 넌 뭐냐?"

"생명의 은인한테 뭐냐고 묻는 영감은 뭐야?"

오는 말이 험하니 가는 말도 까칠했다.

"이 어린놈의 자식이! 감히 내가 누군 줄 알고 영감 운운하는 것이냐!"

"영감을 영감이라고 하지 할멈이라고 할까?"

머리 위로 올라간 노인의 손이 먹물에 담갔다 나온 것처럼 검게 변했다.

"흐흐흐… 감히 나 쌍광혈도(雙狂血刀) 마수령(馬首領)에게 무례하고도 살아남길 바라느냐?"

"별호는 쌍광혈도인데 왜 손을 써?"

"응? 아차! 내 칼!"

마수령은 호랑이가 죽어 있는 곳으로 가더니 칼을 품고 돌아왔다.

"휴우—! 하마터면 잃어버릴 뻔했네."

"칼보다는 목숨 챙긴 걸 다행으로 알아야지."

"그런데 이 자식이……!"

"생명의 은인을 죽일 거야?"

"정말 네가 날 구했느냐? 내 기억으로는 분명 주화입마에 걸렸었는데."

"칠칠맞게 주화입마나 걸리는 주제에 누굴 죽인다고."

마수령이 버럭 소리를 질렀다.

"내 이미 오기조원을 넘어 등봉조극이 극에 이른 몸이다! 단지 호랑이의 공격뿐이었다면 아무리 운기조식 중이었다고 해도 주화입마 따위에는 빠지지 않았을 것이다!"

"그런데?"

"운기조식 중에 하필 벌이 콧속으로 들어온 데다 마침 그때 저 호랑이가 습격을 한 것이다. 감히 날 먹으려고 말이다. 벌에 쏘여 놀란 탓에 진기가 약간 흐트러졌고, 호랑이를 죽이면서 뒤로 넘어졌는데 하필 물에 빠진 것이다. 순간적으로 물이 기도를 막아 진기가 헝클어져 버렸지. 세상에 이렇게 재수 없는 주화입마를 본 적이 있느냐?"

"날 만났으니 오히려 재수가 좋은 거지. 영감 살리느라 구지삼홍엽을 썼으니 난 재수가 나쁜 거고."

"구, 구지삼홍엽? 그 구지삼홍엽 말이냐? 숨만 붙어 있으면 반 시체라도 살릴 수 있고 무림인이 먹으면 내공이 단숨에 반 갑자가 상승한다는 그 구지삼홍엽?"

"칼 이네?"

"흐흐흐, 내공을 높이기 위해 세상의 영약이라는 영약은 모두 찾아다닌 적이 있지. 아직 남았느냐?"

"이제 네 뿌리밖에 없어."

마수령이 척 손을 내밀었다.

“주라.”

“뭐?”

“대신 네 목숨은 살려주마.”

“살아 있는 나를 어떻게 살린다는 거야?”

“죽이지 않겠다고, 이 멍청아! 그러니 당장 내놔!”

“휴우―! 역시 걱정하던 그대로네.”

긴 한숨을 쉰 황세은은 등에 진 봇짐을 마수령에게 넘겼다.

“현명한 녀석이군.”

“잃어버리지 않도록 조심해. 이젠 가지.”

“나한테 가자고 한 것이냐?”

“주인이 가면 짐꾼이 따라와야지.”

“지, 짐꾼? 푸헤헤헤! 보물을 빼앗기더니 머리가 돌았구나!”

“내가 영감처럼 인상 더러운 자를 살리면서 띠로 대비도 안 해놨겠어?”

“대비라면… 독약이라도 먹인 거냐?”

“어? 느껴져?”

마수령의 입가에 웃음이 번졌다.

“멍청한 놈. 네가 내 이름을 들어봤다면 그런 잔머리는 굴리지 않았을 것이다. 내가 바로 쌍광혈도 마수령이다.”

“그건 이미 말했잖아.”

“이 세상에서 파천마를 죽일 수 있는 유일한 존재가 바로 나란 말이다! 그 개자식을 죽이기 위해 무려 십 년 동안 폐관 수련을 해서 무공이 극에 이르렀는데 그깟 독이 날 어찌할 수 있을 것 같으냐? 난 오래전에 이미 만독불침의 몸이란 말이다!”

“내가 쓴 건 만 한 번째 독이야.”

“잉?”

“의심스러우면 운기행공을 해봐. 소주천만으로 충분할 거야.”

마수령은 눈을 게슴츠레하고 뜨고 황세은을 봤다. 저러면서 아마 소주천을 하고 있을 것이다.

‘쯧쯧쯧, 눈에 훤히 보인다, 보여.’

참 직선적으로 나쁜 인간이라 파악하기에 편했다. 마수령의 눈이 부릅떠졌다.

“명치 부근 중극혈(中極穴)에 덜컥 걸리는 느낌이 나지?”

“아, 아니다. 절대 아니다.”

“그래? 그럼 내 독도 소용없었나 보네. 만독불침지체라 좋겠어. 그럼 난 이만.”

그 후에 일어난 일이야 예상에서 한 치도 벗어나지 않았다.

처음에는 부인을 하고 다음에는 협박을 하더니 최후의 수단인 애걸까지 통하지 않자 침울함으로 바뀌었다.

"날 죽게 내버려 두지는 않을 거지? 난 파천마를 죽여야 할 역사적인 사명을 가진 사람이다."

"죽일 거였으면 살리지도 않았지."

"그렇지? 그럼 어서 해독약을 주라."

"없어."

"뭐야? 해독약도 없는 독약을 먹였단 말이냐!"

"급한 김에 근처에 있는 풀과 내 약을 적당히 섞어서 만들었거든. 해약을 만들려면 마을로 가서 재료를 구해야 해."

"그럼 어서 가자!"

"난 천천히… 흐익!"

마수령은 황세은을 안고 날 듯이 달렸다. 길이 없으니 나무의 꼭대기를 밟으며 펼치는 그의 경공은 초상비의 속도에 뒤지지 않았다. 그러면서 근 한 시진을 쉬지 않고 달렸다.

황세은을 안은 채 경공을 펼쳤음에도 마을 초입에 다다른 마수령은 숨찬 기색조차 없었다.

"내려줘!"

"어? 하하! 좀 어지럽긴 했지? 무공이 없으면 그럴 만도 해. 다 왔으니 이제 네 발로 걸어도 되겠지?"

유람을 하려고 했는데 순식간에 산 세 개를 넘어 섬서성(陝西省)까지 와버렸다.

그래도 오랜만에 사람들이 모여 활기를 띤 거리를 보니 좋았다.

"배고픈데 밥부터 먹지."

"일단 약부터."

"밥부터!"

"약! 그래, 밥부터."

양쪽으로 갖가지 상점이 늘어서 있는 거리는 번화했다. 포목점이며 귀금속점, 식당들이 즐비하게 늘어서 있었다.

황세은은 그중 가장 큰 식당으로 들어갔다.

"돈 있지?"

"사, 산에서 수련하던 내게 돈이 어디 있냐?"

"짤랑거리는 소리 들었거든?"

"예민한 놈."

영준한 청년과 봉두난발의 노인 조합은 확실히 어울리지 않았다.

주루를 겸한 식당은 한눈에 보기에도 비싼 곳이었다. 당연히 그런 곳은 점소이가 손님을 선별한다.

하지만 청년은 귀티가 흐르고 한 명은 거지가 아저씨 하고 쫓아올 차림을 한 노인이었다.

그 헷갈리는 조합에 점소이가 말하는 시점을 놓쳐서 두 사람은 무사히 식당 중앙 자리에 앉을 수 있었다.

점소이가 차림표를 가져왔지만 황세은이 아는 음식 이름

은 고작해야 교자가 전부였다.

"마 영감이 시켜."

"그런데 이게 끝까지 영감이래."

"어서 시켜."

자기 돈 내고 먹는 거라고 마 영감은 그곳에서 가장 싼 음식 세 가지만 주문했다. 그래도 술은 비싼 것을 시켰다.

"자고로 음식은 저렴한 걸 먹어도 술은 좋은 걸 마셔야 하는 법이야."

그러려니 했다. 음식이 나올 동안 황세은은 주변을 둘러보았다.

식사 때가 아니어서인지 손님은 그리 많지 않았다.

구석진 곳의 장한 두 명과 창가에 앉은 스무 살 내외의 이남이녀가 전부였다.

그런데 그 이남이녀가 황세은의 눈길을 끌었다. 끼리끼리 논다고 했던가?

문외한인 황세은이 봐도 좋은 옷을 걸친 그들은 용모 또한 비범했다.

사내 한 명은 건장한 체격에 굵은 이목구비를 가져 시원하게 생겼고, 다른 한 명은 깨끗한 피부의 영준한 외모를 자랑했다.

여인들에게도 눈길이 미쳤다.

'저 정도 외모면 여자들도 예쁜 거지?'

홍락가에서 꽤나 생활을 했는데도 여자의 미추는 정확히 가늠이 되지 않았다.

황세은에게는 외모의 미추보다는 마음 씀씀이가 더 크게 다가오기 때문이다. 어차피 뼈와 가죽으로 이뤄진 건 다 똑같으니 말이다.

물론 그의 관심을 끈 건 외모가 아니었다. 황세은은 자신이 본 게 맞는지 그들을 자세히 관찰했다.

선인혜(宣仁惠)가 황보정욱(皇甫正旭)의 팔을 툭 쳤다.

"왜요?"

"저기요."

그녀의 눈짓을 따라 황보정욱이 고개를 돌렸다. 식당 중앙쯤에 앉은 노소가 보였는데, 젊은 쪽이 그들을 빤히 보고 있었다.

다른 두 명의 시선도 자연 그쪽으로 향했다.

"왜 우릴 보고 있는 거지?"

남궁성(南宮星)이 피식 웃었다.

"두 소저의 미모에 넋을 잃은 것 같구려."

전오선(全悟選)의 미간에 내 천 자가 그려졌다. 종남파(終南派) 제자인 그녀는 사문의 날카로운 무공만큼이나 차가운 성정을 가졌다.

"무례하군."

옳지 못하다고 생각하는 건 절대 못 넘기는 그녀였다. 전오선이 벌떡 일어서자 선인혜가 말렸지만 그녀의 발길을 잡지는 못했다.

그녀가 다가가는 내내 젊은 사내의 눈길은 얼굴에서 떨어지지 않았다.

차갑기로 유명한 그녀였지만 하도 뚫어지게 쳐다봐서 무안한 마음이 슬그머니 고개를 들었다.

'뭐 이런 녀석이 다 있어?'

절도있는 걸음으로 다가간 전오선이 차가운 음성을 뱉었다.

"우리에게 볼일이 있나요?"

뒤늦게 그 모습들을 알아챈 미수령이 웃음을 터뜨렸다.

"껄껄껄! 계집이 마음에 들면 당장 자빠뜨려야지!"

"아니, 이자들이 근데! 당장 사과하지 않으면 후회하게 될 것이다!"

"종남파 인간들은 하나같이 딱딱하더니 여자라고 다르지 않군. 애야, 이런 계집은 침대에서도 별로란다. 차라리 저기 눈이 동그란 애 있지? 차림을 보니 화산파 제자로군. 저런 애가 은근히 죽여주지."

“우, 우리가 누군지 알면서도 이런 모욕을 준단 말이냐?”

“파천마가 무서워서 땅속에 고개나 처박고 있는 구대문파(九大門派)를 믿는 것이냐? 차라리 지나가던 똥개를 믿어라. 요즘 어린것들은… 쯧쯧쯧.”

무림에서 적을 아는 건 목숨을 부지하는 가장 기본이다.

노인이 자신들의 정체를 앎에도 불구하고 저리 무례할 수 있는 건 그만큼 자신이 있다는 뜻이다.

“구대문파를 그리 무시하시는 분의 존함을 여쭤 봐도 되겠습니까?”

어느새 다가온 황보정욱의 은근한 물음에, 딱 자른 대답이 나왔다.

“안 돼!”

“안 되는 이유라도 있는지요?”

“너희는 물을 자격도 없는 애송이기 때문이다.”

노인의 말길이 젊은이에게 돌려졌다.

“마음에 드는 계집 있으면 찍어라. 내가 어떻게든 방에 들여보내 줄 테니까. 우리 그걸 교환 조건으로 하자. 어떠냐?”

“음… 구미가 당기기는 하는데 굳이 영감 손을 빌리지 않아도 될 것 같아.”

“쯧쯧쯧… 네 반반한 얼굴을 너무 믿는구나. 그래, 능력껏 해봐라. 어이구! 술 나왔네!”

전오선과 황보정욱에 이어 남궁성과 선인혜까지 합세했다.

그런데 그들은 안중에도 없는 노인은 술을 마셨고, 젊은 녀석은 계속해서 그들의 얼굴을 뚫어지게 쳐다보았다.

무림에서 남의 얼굴을 이처럼 보는 것은 싸우자는 것밖에 되지 않는다.

그들 중에서는 그래도 가장 차분한 선인혜가 물었다.

"왜 우리를 그리 보는 거죠?"

"이상하군. 이상해."

"대체 무슨 소릴 하는 것이냐!"

전오선이 소리를 빽 지르자 젊은 녀석이 갑자기 포권을 했다.

"이런! 만나면 먼저 인사부터 하라고 배웠는데. 난 황세은이야."

척 봐도 채 스물이 안 된 녀석이 예의를 차린답시고 반말을 던진다.

그제야 그들은 깨달았다.

'그냥 바보구나!'

"갑시다."

노인의 언행이 기분 나쁘기는 했지만, 바보의 행동에 괜히 발끈했으니 그것도 무안할 일이다.

그들의 귀에 황세은이 노인에게 묻는 소리가 들렸다.

"저들이 구대문파라는 곳의 사람들이야?"

"두 명은 그런데 나머지 둘은 아마 황보세가와 남궁세가의 자식이겠지."

"와아―! 영감은 무림에 대해 통달했네?"

"험! 자고로 무림에서는 아는 것이 힘이니라."

황세은은 한참이나 뭔가를 고민하더니 일어서서 그들 네 사람에게 다가왔다.

"귀찮기는 하지만 저런 영감도 구해줬는데 당신들을 모른 척할 수는 없지."

무슨 소리인지 알 수 없지만 바보가 하는 말을 알아듣지 못하는 게 오히려 다행스럽게 생각되었다.

"꺼져라. 아무리 모자란 인간이라도 참는 것에는 한계가 있다."

남궁성의 말에 황세은이 싱긋 웃었다. 어린아이처럼 천진난만함이 풍기는 그런 웃음이었다.

"당신들, 중독됐어."

잠시 그 말이 무슨 뜻인지 선뜻 해석이 되지 않았다. '중독'이라는 단어의 의미는 아는데 너무 뜬금없는 소리다.

"대체 무슨 소릴 하는 것이냐? 우리가 독을 먹었다 그 말이냐?"

"먹었는지 흡입했는지는 자세히 살펴봐야 알겠지만 중독이 된 건 확실해. 미간과 목젖에 있는 조그만 푸른 점이 그 증거야."

그들은 자신도 모르게 서로의 얼굴을 살폈다.

"어? 세 사람에게 정말 있네. 내 얼굴에도 있소?"

남궁성의 물음에 세 사람이 동시에 고개를 끄덕였다.

"하지만 전 오늘 아침에도 운기조식을 했는데요?"

중독이 되면 최소한의 증상이라도 나타나게 마련이고, 대표적인 게 운기가 자유롭지 못하다는 것이다.

황세은이 검지로 볼을 긁으며 인상을 찡그렸다.

"내가 귀찮음을 무릅쓰고 알려주는 거니까 잘 들어. 약방에 가면 선지초(線枝草)와 백도엽(白徒葉), 추산채(秋山菜)가 있을 거야. 그것들을 각각 한 냥씩 달여서 마셔봐. 그럼 당장 알 수 있을 테니까."

황세은은 그 말을 하고 가버렸다. 그들은 어리둥절한 얼굴로 황세은의 등만 보고 있었다.

*　　　*　　　*

"직접 고쳐 주지는 않을 거냐? 그러면 그 미인들도… 흐흐흐… 쓰읍!"

"보아하니 있는 집 자식들 같은데 그 정도 독은 거기서 알아서 하겠지. 영감이야 워낙 불쌍하게 보여서 내가 직접 살린 거고."

"이놈아! 내가 이래 봬도……!"

"알았어. 그 소리 좀 그만 해. 지겨워 죽겠네."

약방으로 간 황세은은 약재를 고른 후 주인에게 제조법을 알려줘서 그대로 만들어 달라고 했다.

"네가 직접 안 만들고?"

"간단한 거라 만드는 법만 알면 약방 주인이면 누구나 제조할 수 있어."

"그렇게 간단한 독이었단 말이지?"

내심 기뻐하면서 '그럼 아무 의원이나 찾아가도 쉽게 고칠 수 있지 않을까?' 라는 생각이 얼굴에 그대로 떠올랐다.

"그럼 다른 의원 찾아가 보든지."

"잉? 그, 그런 생각 한 적 없다. 절대 없다!"

"영감 생각은 눈에 훤히 보이거든. 다른 의원 찾아가도 뭐라고 안 할 테니까 가보고 싶으면 가봐."

'정말 예리한 놈이란 말이야. 무공도 익히지 않은 애송이 의원 놈이. 가만, 이 봇짐 안에 구지삼홍엽이 있잖아! 이 정도 영초면 그깟 독쯤 단번에 해독할 수 있을지도 몰라!'

"행여 봇짐 안의 구지삼홍엽 건들면 독에 몸이 썩어 들어가도 치료해 주지 않을 테니까 그리 알아.”

“읍!”

정말 귀신같은 놈이다!

뭐, 어쨌든 해독약까지 주문해 놨으니 굳이 여러 수고로움을 할 필요는 없었다.

‘해독만 되면… 아니, 생각하지 말자! 저놈이 또 내 마음을 읽을지도 모르니까.’

“해독만 되면 하면서 훗날을 벼르고 있겠지만 꿈도 꾸지 마.”

이젠 놀람을 넘어 경악에 가까워졌다. 저놈은 필경 독심술을 익힌 게 분명했다.

“그, 그건 또 무슨 말이냐?”

“나중에 보면 알아.”

그 나중이라는 건 하루를 넘기지 않았디.

해독약을 재빨리 삼킨 마수령이 헤벌쭉 웃었다.

“이젠 해독이 된 거지?”

“당분간.”

“다, 당분간이라니?”

황세은이 나머지 아홉 개의 환단을 건네며 말했다.

“완전한 해독약이라면 굳이 열 개나 만들었겠어? 그 머리로 어떻게 무공은 익힌 거야?”

"이, 이놈! 이제까지 날 가지고 논 거로구나!"

"미친개하고 있는데 목줄 정도는 채워놔야지."

마수령은 당장 황세은의 머리를 박살 내고 싶었다. 하지만 놈을 죽이면 그도 죽는다.

적도 죽고 나도 죽는 필사(必死)의 상대는 세상에 오직 하나, 파천마뿐이다.

"으! 대체 내게 왜 이러는 것이냐? 날 해독시켜 주면 맹세코 네게 어떤 해코지도 하지 않으마. 구지삼홍엽도 고스란히 돌려주겠다."

진심이었다. 최소한 말을 하는 순간은 그랬다.

"내가 귀한 약초와 내 노력을 들여 살려줬는데, 영감이 그냥 훌쩍 가버리면 나만 손해잖아?"

"돈이 필요하냐? 얼마나? 내 당장 구해다 주마. 무공을 익히고 싶으면 일 년… 아니, 반년 안에 일류고수에 이를 정도의 뛰어난 무공을 알려주마. 나 그 정도 능력 되는 사람이다."

"함께 있는 동안 필요한 돈은 어차피 영감이 쓸 거고, 내가 귀찮게 무공을 익힐 필요가 뭐가 있어? 영감이 내 호위를 서 줄 텐데. 내가 죽으면 영감도 죽을 테니까 목숨 걸고 지킬 거 아니야. 안 그래?"

"이, 이런 작은 악마 같은 놈!"

황세은은 웃으며 마수령의 어깨를 툭툭 두드렸다.

"나하고 함께 세상 유람하는 것도 좋잖아. 좀 느긋하게 살아. 그렇게 아등바등 살아서 무슨 영화를 보겠다고 그래?"

"난 파천마와 싸우러 가야 한단 말이다!"

"가는 길에 있으면 싸워."

"목적지가 어딘데?"

"북경."

"촌놈이 구경 가는 거냐?"

"공주 만나러."

"공주? 이름이 공주라는 거냐, 아니면 자금성에 있는 그 공주?"

"응. 놀러 간다고 약속했거든."

어이없는 눈으로 황세은을 보던 마수령이 웃음을 터뜨렸다.

"푸하하하! 내 근 백 년을 살았지만 이런 황당한 구라는 처음이구나! 네가 공주와 약속을 해? 공주하고 친구 사이라도 된단 말이냐?"

"응."

자신에 찬 간단한 대답에 당당한 얼굴이다. 그래서 마수령의 웃음이 슬그머니 자취를 감췄다.

워낙 단순해서 잘 속는 마수령이다. 하지만 그를 속이려는 사람은 무림을 통틀어 손가락에도 꼽기 힘들다.

세상에 많은 사기꾼이 있지만 목숨을 걸고 사기를 치는 인물은 그만큼 드물기 때문이다.

물론 황세은의 저런 황당한 거짓말이야 사기라고까지 할 건 없지만, 바꿔 생각하면 저런 거짓말을 할 이유도 없었다.

북경에 그냥 놀러 간다고 흉이 되는 것도 아닌데 굳이 공주를 만나러 간다는 이유를 댄 건 어쩌면 진실일 수도 있었다.

그리고 공주와 안면이 있는 정도면 생각보다 대단한 놈일 수도 있었다.

'하긴 좀 특별한 놈이긴 하지.'

약관도 되지 않은 나이에 그의 주화입마를 치료한 것이나, 보는 것만으로 중독되었다는 걸 알 정도의 의술이면 그 자체로 특별하다 할 수 있었다.

황세은이 특별할수록 마수령의 처지는 곤란해진다. 그만큼 놈의 손아귀를 빠져나가기가 어렵다는 뜻이기 때문이다.

머리가 아파왔다. 술 생각이 절로 났다.

*　　*　　*

"술에 미치고 무공에 미쳐서 쌍광혈도라는 별호가 붙었단 말이지?"

"호호호, 그렇지."

마수령은 죽엽청 한잔을 단숨에 마셨다.

"쌍으로 미쳤다는데 좋다고 웃기는."

"푸웁! 그, 그런데 이놈이……!"

"아! 쓰다! 이런 걸 왜 돈 내고 마시는 거야?"

"술맛도 모르는 애송이가 이 어르신 별호의 깊은 뜻을 어떻게 알겠느냐?"

"대단히 깊게 쌍으로 미쳤다는 뜻이지."

마수령이 또 발끈하려는데 술집 문이 거칠게 열리면서 열 명의 사내가 우르르 들어왔다.

청색 무복을 입은 그들의 어깨너머로 삐죽 튀어나온 검 손잡이가 보였다.

술집은 크지 않았기에 고개를 돌릴 필요도 없이 한눈에 들어왔다.

가장 앞장선 사내의 시선이 곧 황세은과 마수령에게 고정되더니 빠른 걸음으로 다가왔다.

손에 들고 있는 종이를 펴서 안의 그림과 같다는 걸 확인한 사내가 말했다.

"네가 황세은이란 놈이냐?"

"내가 그놈이 맞는데, 왜?"

"지금 당장 청수검문(淸秀劍門)으로 함께 가야겠다."

마수령이 웃음을 흘렸다.

"청수검문이라면 화산파 똥구멍 핥으면서 근근이 연명하고 있는 삼류에도 못 미치는 어중이떠중이 아니냐?"

"뭐, 뭐라고? 이 늙은이가 감히……!"

마수령이 느릿하게 일어섰다.

"십 년간 무림을 떠나 있었더니 이제는 쥐새끼들까지 함부로 설치는구나. 내 파천마를 찾아가기 전에 너희 정파의 위선자들부터……."

"가지."

황세은이 일어섰다. 그가 순순히 따라나서자 기세를 일으키던 마수령만 머쓱해졌다.

"정중한 초대도 아니고 끌고 가듯이 가자고 하는 놈들을 따라나선단 말이냐?"

"지금 안 가면 영감이 이자들 다 죽일 거 아니야?"

"살점이 사방으로 비처럼 내리는 거지. 흐흐흐."

"술집 주인 귀찮게 하지 말고 그냥 가자고."

"쳇! 오랜만에 몸 좀 풀려고 했더니."

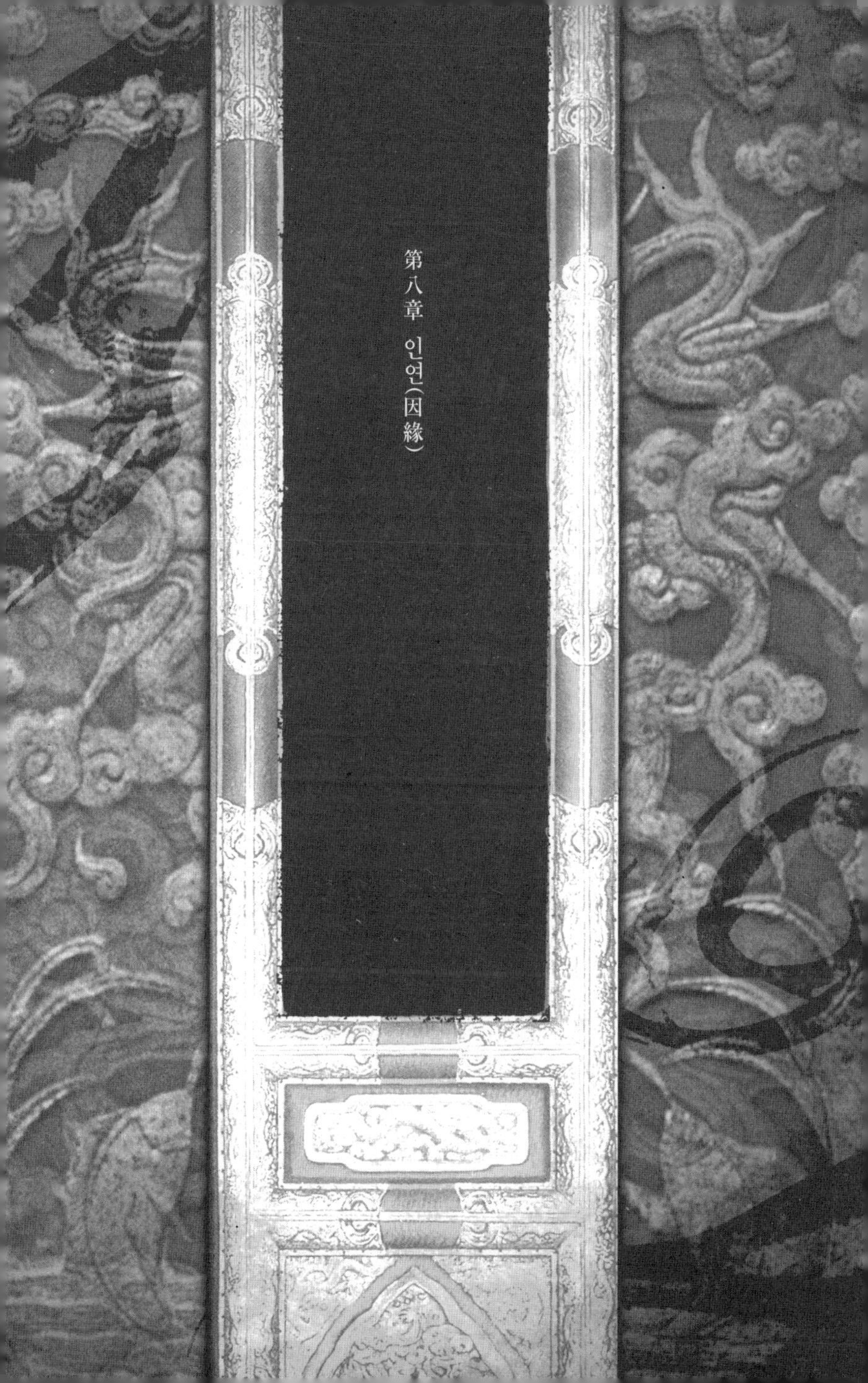

第八章　인연(因緣)

쪽에서 나온 물감이 쪽보다 더 푸른 것을 청출어람(靑出於
藍)이라 한다.

지금의 청수검문이 그런 길을 밟고 있었다.

청수검문의 문주 파일호(巴一浩)는 역대 문주가 그러했듯
회산파의 속가제자이다.

전장(錢場)과 표국(鏢局)을 주업으로 하는 청수검문은 화산
파의 그늘 덕분에 별 어려움 없이 사업을 이어나갔다.

그런데 파일호가 문주로 앉은 후 그들의 사업은 더욱 공격
적으로 변해갔다.

기존의 사업에 차와 비단, 술 등의 도매 사업에 뛰어들었고, 수완이 워낙 좋아서 승승장구를 했다.

그리고 음성적으로는 흑사회와 결탁해서 도박장과 소금 밀매에까지 손을 댄다는 소문이 돌았다.

청수검문의 부가 쌓일수록 화산파로 가는 돈도 그만큼 많아졌다. 화산파의 총애가 남다를 수밖에 없었다.

덕분에 파일호에게는 직전제자에게밖에 전수되지 않는 청풍검법(淸風劍法)까지도 아낌없이 전해주었다.

무력과 금력이 동시에 높아지니 현재 청수검문의 위세는 화산파에 버금갈 정도였다.

그래서 화산파에 찾아온 손님이 청수검문에 머무는 게 관례처럼 되었다.

중독이 된 그들 넷이 청수검문에 있는 것은 그 때문이었다.

대문을 들어선 황세은 앞에 넓은 연무장이 펼쳐졌다. 사천성의 제형안찰사사보다 훨씬 큰 규모였다.

크기는 그렇다 치고 그들을 기다리고 있는 사람들도 많았다.

줄잡아 이백 명에 달하는 무사들이 등에 칼을 메고 연무장에 도열해 있었다.

황세은과 마수령을 보는 그들에게서는 숨길 수 없는 적의가 흘러나왔다.

"너 그 네 명한테 먹으라고 한 약이 정확히 뭐냐? 아무래도 그것 때문이 저놈들이 우릴 잡아먹으려고 하는 것 같은데."

"그럴 만하지."

대수롭지 않게 대꾸한 황세은이 그들을 데려온 변방섭에게 물었다.

"어디로 가면 되지?"

변방섭이 대꾸하기 전에 도열해 있던 무사들 사이를 뚫고 한 사람이 나오며 말했다.

"취조실로 가야지."

쉰 초반쯤 되어 보이는 초로의 사내였다. 모두 등에 검을 메고 있는데 초로인의 검은 허리에 달려 있었다.

"부문주님을 뵙습니다."

그가 현 문주의 동생인 파정주(巴政主)였다.

"큭큭큭! 내막은 잘 모르겠지만 내 뜻대로 될 것 같구나. 이제 내가 나서도 되겠지?"

마수령은 싸우고 싶어서 몸이 근질근질했다. 십 년 내내 연공만 했으니 실전에 목마른 건 당연했다.

하지만 이번에도 황세은은 그의 뜻을 무참하게 꺾어버렸다.

"취조실로 가기 전에 환자들 상태부터 보고 싶은데."

"상태는 무슨! 네놈이 먹으라고 한 약을 먹고 토혈을 했다.

그들을 살리느라 문의 의원들이 얼마나 고생을 했는지 아느냐?"

"회복은 됐고?"

"독이 지독하여 회복은 아직 멀었다!"

"쯧쯧쯧… 어디서 실력 없는 의원들만 긁어모은 모양이군. 어쩐지 귀찮아질 것 같더라니. 환자들한테 가보지. 앞장서봐."

너무 당당한 황세은의 태도에 다들 어이가 없었다.

"진정 뻔뻔한 놈이로구나! 뭐하느냐! 당장 저들을 잡아들여 중독을 시킨 이유와 배후를 캐라!"

요란한 금속성을 울리며 빠져나온 이백여 개의 검이 햇빛을 받아 반짝였다.

"좋아! 아주 좋아!"

마수령이 등에 멘 도 손잡이를 잡을 때 황세은이 발했다.

"잔챙이들 상대로 싸우는 게 그렇게 좋아? 그릇이 그것밖에 안 돼?"

"그게 아니라 저놈들이 싸우자고 덤비니까 어쩔 수 없이……."

"좋아 죽겠다는 얼굴을 하고서 핑계는."

황세은의 말길이 파정주에게 돌려졌다.

"싸움을 하든 고문을 하든 일단 환자부터 봤으면 좋겠는데."

하지만 파정주의 마음은 이미 확고했다.

"잡아들여라!"

무사들이 일제히 달려들었다. 되도록 피를 보고 싶지 않았지만 신나서 칼을 잡는 마수령을 막을 수가 없었다.

늦었다고 생각한 그때 카랑한 목소리가 울렸다.

"멈추시오!"

심후한 공력이 담긴 그 음성은 모든 사람의 행동을 움찔하게 만들었다. 오직 마수령만이 기분 나쁜 표정으로 음성의 주인공을 찾았다.

"막 신날 참인데 어떤 계집이 방해를 하는 거야?"

문으로 들어오는 그 '계집'은 청색 무복에 회색 두루마리를 걸치고 있었다. 반백의 머리에 그리 굵지 않은 주름이 육십 년쯤의 세월을 살았다는 걸 보여주었다.

거기 모인 모든 사람이 그녀를 알지는 못하지만 가장 중요한 사람은 알아봤다.

"혜현 선자(慧賢仙子)님을 뵙습니다."

파정주의 날카로운 얼굴이 금세 부드럽게 풀렸다.

"혜아가 중독되었다는 소식을 듣고 급히 달려오느라 미리 전갈을 드리지 못했습니다."

무림 대부분의 문파가 그렇듯 화산파 또한 여제자는 그리 많지 않았다.

그리고 많지 않은 여제자의 또 대부분이 이런저런 이유로 몇 년 안에 문파를 떠난다.

그런 여제자들 중 오십 년 동안 화산파를 꿋꿋이 지켜온 유일한 여인이 혜현 선자였다.

그래서 지금은 장문인의 사형제로서 당당히 장로의 위치에 올라 있었다.

"마침 잘 오셨습니다. 그 범인들을 막 체포하려던 참이었습니다."

혜현 선자의 눈길이 두 사람에게 향했다. 정확히 그녀의 눈길이 머문 사람은 마수령이었다.

"멀리서 느낀 제 감각이 틀리지 않았군요. 늦지 않게 싸움을 막을 수 있어서 다행입니다."

"그게 무슨 말씀입니까? 느낌이라니요?"

마기에는 두 종류가 있다.

저절로 일어나는 본능적인 마기와 무공을 펼칠 때 드러나는 무인의 마기가 그것이다.

전자의 마기는 무공이 그리 높지 않아도 충분히 느낄 수 있다. 본능에서 튀어나온 것이라 상대의 본능 또한 즉각 자극하기 때문이다.

하지만 후자는 일정한 경지에 올라야만 감지할 수 있다.

딱 아는 만큼만 보이는 것과 마찬가지 이치이다. 그래서 파정주는 느낄 수 없고 혜현 선자는 알아차린 게 바로 마수령에게 풍기는 마기이다.

하지만 혜현 선자는 굳이 마수령을 언급하지 않았다.

"제가 저 두 분과 얘기를 해봐도 되겠습니까?"

질문이지만 명령이나 다름없었다.

"뜻대로 하시지요."

파정주는 떨떠름한 표정으로 물러났다. 두 사람에게 다가온 혜현 선자가 공손하게 말했다.

"화산의 혜현이라고 합니다."

"난 황세은. 여기는 그냥 미친 노인."

"이놈이……!"

"아! 미안. 내가 무례했군. 쌍으로 미친 노인."

마수령은 그저 주먹만 부르르 떨었다. 그런데 그 말이 끝남과 동시에 혜현 선자의 표정이 굳었다. 마수령의 정체를 눈치챈 표정이다.

"한동안 소식이 없으시더니 이런 곳에서 뵙게 되는군요."

"입에 빌린 에의 따위는 집어치워라."

혜현 선자는 그저 웃음으로 말을 받아넘겼다.

"여기 계신 소협은 제자는 아닌 것 같은데……."

"내가 이런 놈을 제자로 두느니 산의 바위를 가르치겠다."

"나도 영감을 스승으로 두느니 산의 바위한테 배우겠어."

"하여간 이놈은 한마디도 안 져!"

"쌍으로 미친 영감한테 지면 쪽팔리잖아."

"호호호! 재미있는 소협이네. 그런데 듣자 하니 소협이 먹으라는 약을 먹고 아이들이 쓰러졌다고 하던데, 뭘 먹었는지 알려주실 수 있겠는가?"

"선지초와 백도엽, 추산채."

잠시 생각하던 혜현 선자가 깜짝 놀랐다.

"그건 발현탕(發現湯)이 아닌가?"

"역시 할머니는 의원이었구나? 내 그럴 줄 알았지."

"내 얼굴이 의원처럼 생겼는가?"

"몸에서 수십 가지의 약 냄새가 풍겼거든. 안색과 움직임을 보면 건강하니 환자는 아니고, 그렇게 많은 약재를 취급한다는 건 의원이라고밖에 생각할 수 없잖아. 그리고 손톱에 물든 까만 물은 흑연초(黑然草)를 민져시 그렇게 뇐 선데, 흠, 흑연초를 쓴다는 건… 에이! 관둬. 이번 일만으로 충분히 귀찮으니까."

"총명한 소협이로군. 이왕 여기까지 왔으니 그 아이들을 한번 봐줄 수 있겠나?"

"굳이 난 필요없을 것 같은데? 흑연초를 다룰 정도면 그깟 중독이야 금방 고칠 거 아니야?"

"한 손보다는 두 손이 나은 법 아니겠나?"

혜현 선자의 부탁에 그들은 네 사람이 있는 병실로 걸음을 옮겼다.

황세은이 그들을 중독시켰다는 파정주의 말은 가볍게 무시되었다.

방에 놓인 네 개의 침대 옆에는 각각 두 명씩 여덟 명의 의원이 치료를 하고 있었다.

진동하는 약 냄새 속으로 들어간 황세은은 미간을 찌푸렸다. 허공을 떠도는 냄새만으로 의원들이 엉뚱한 약을 쓰고 있다는 걸 알 수 있었다.

'이러니까 치료가 안 되지.'

힐끗 본 혜현 선자도 마찬가지 생각인 듯 표정이 좋지 않았다.

그녀가 침대 옆에 붙어 있는 의원들에게 말했다.

"모두 이 방에서 나가시오."

의원들이 어리둥절한 표정으로 함께 들어온 파정주를 봤다. 파정주가 혜현 선자에게 말했다.

"저들은 우리 문에서뿐만 아니라 인근에서 가장 실력이 좋은 의원들입니다."

"일반적인 병을 치료할 때나 그렇겠지요. 여긴 황 소협과 제가 맡을 테니 다른 사람은 물러나게 하시지요."

"하지만……."

“절 못 믿겠다는 것입니까?”

그녀의 날카로운 말투에 파정주가 황급히 허리를 숙였다.

“아, 아닙니다.”

파정주가 불만 가득한 의원들을 밖으로 몰아내고, 혜현 선자의 요청으로 그 또한 의원들과 같은 표정을 지으며 물러났다.

“사부님…….”

창백한 안색의 선인혜가 몸을 일으키려 애썼다.

“그냥 누워 있거라.”

“사고님을 뵙습니다.”

정파의 인물들이라 몸이 아픈 와중에도 예의는 깍듯이 차렸다.

뒤늦게 황세은을 발견한 그들의 얼굴에 분노가 나타났다.

“사고님! 저, 저놈이 준 약을 먹고 저희가 이 시성이 되었습니다!”

남궁성이 부들부들 떨리는 손으로 황세은을 가리켰다.

“황 소협 때문이 아니다. 너희들이 먹은 건 발현탕이라는 것으로, 몸에 잠재되어 있는 병을 밖으로 드러나게 하는 약이니라.”

“네? 그럼 정말 저희가 중독되어 있었던 걸 몰랐던 겁니까?”

남궁성의 질문을 무시한 혜현 선자가 황세은에게 물었다.

"약 냄새로 보아 몸 안의 나쁜 기운을 빼내기 위해 억지로 땀을 배출하게 하는 추한탕(追汗湯)을 비롯해서 비슷한 약을 쓴 것 같은데, 자네 생각은 어떤가?"

"이상하군. 이상해."

"뭐가 말인가?"

황세은은 대답 대신 마수령에게 물었다.

"영감, 무림인들이 독에 중독되는 경우가 왕왕 있지 않아?"

"권모술수가 판치는 세상이니 드물다고는 할 수 없지."

"이 정도 크기의 문파라면 독에 정통한 의원 한둘쯤은 있을 텐데. 그래서 굳이 내가 치료하지 않고 발현탕으로 중독되었다는 것만 알려준 거고. 사실 귀찮아서였지만. 어쨌든 지금 치료하고 있는 의원들은 독에 대해서는 거의 모르는 사람들 같은데."

"청수검문에서 일부러 저 꼬마들을 치료하지 않았다는 뜻이냐?"

"딱 꼬집어 그렇다는 건 아니고, 그냥 이상하다는 거지. 뭐, 나야 치료만 하고 대가만 받으면 그뿐이지만. 어디 견적 좀 내볼까?"

황세은은 육안으로 네 사람의 안색을 살핀 후 손가락으로 여기저기를 찔렀다.

"악! 어, 어딜 만지는 거야!"

"흠. 아직 가슴도 탱탱하고, 어디 엉덩이는……."

전오선이 엉덩이로 향하는 황세은의 손을 찰싹 때렸다.

"저리 꺼져! 사고님! 이 녀석 하는 짓을 보고만 계실 겁니까?"

혜현 선자가 무안한 듯 헛기침을 했다.

"험! 사실 진단에 필요한 것이기는 하다만… 황 소협, 되도록 다른 곳을 만지는 방향으로 하면 안 되겠나?"

"어딜 만지든 의원 맘이지."

쿡!

기어코 황세은의 손가락이 엉덩이를 찔렀다. 전오선이 아픈 와중에도 노발대발했지만 황세은은 그저 귓등으로 흘렸다.

"생각보다 심각하네."

혜현 선자가 물었다.

"다들 탱탱한가?"

"응."

"그럼 골독(骨毒)이라는 뜻이군."

보통의 독은 내장과 피부를 상하게 한다. 그래서 피부는 청색을 띠며 탄력을 잃게 된다.

하지만 뼈에 침투하는 골독 종류는 쉽게 증상이 나타나지 않을 뿐더러 그만큼 치료하기가 힘들기도 하다.

이번에는 혜현 선자가 네 사람을 살폈다. 진맥을 하고 입을 벌려보게 하거나 안구를 살폈다.

옆에서 그 모습을 지켜보던 황세은이 깜짝 놀랐다.

"잠깐!"

황세은은 전오선의 눈을 뒤집어 깠다.

"이 자식아! 눈알을 뺄 셈이냐?"

"여기 눈동자 봐."

혜현 선자의 얼굴에도 놀람이 나타났다.

"지나치게 검구나."

"이봐, 아가씨. 옷 벗어봐."

"뭐, 뭐야? 너 내가 다 나으면……."

"나을 수 있다고 생각해?"

모두의 얼굴이 굳어졌다.

"우리가 죽는단 말이야? 사부님, 정말 우리가 죽는 거예요?"

"아직 속단하기는 이르다. 일단 정확한 진찰부터 하자꾸나. 그리고 옷은 성이나 정욱이가 벗는 게 좋겠다."

"그래도 남자보다는 여자가 좋은데. 치료비 조금 깎아줄 테니까……. 표정을 보니 안 되는 모양이군."

그사이 황보정욱이 윗도리를 벗었다. 환자답지 않게 근육이 탄탄했다.

"엎드려."

황세은은 품에서 침통을 꺼냈다. 가지런히 놓여 있는 침 중에서 가장 큰 대침이 손에 쥐어졌다.

한 뼘이 넘어서 사람을 살리는 침이 아닌 흉기처럼 보였다.

"조금 아플 거야."

손으로 척추의 매듭을 가늠한 황세은은 침을 허리에 찔러 넣었다.

"윽!"

황보정욱의 신음에 아랑곳하지 않고 빙글빙글 돌아가던 침이 한참 만에 빠졌다.

선혈이 방울로 나오더니 잠시 후 검은색의 묽은 액체가 튀어나왔다.

"역시 골수까지 침투했군."

황세은은 침을 목 뒤로 옮겼다. 그곳에 찔러 넣었을 때는 황보정욱의 몸이 부들부들 떨렸다. 베개를 문 그의 입에서는 억누른 신음이 쉬지 않고 삐져나왔다.

"아직 여기까지는 아니고."

침이 다시 아래로 움직이려 하자 황보정욱이 물었다.

"어, 어디까지 해야 하느냐?"

“되도록 많이 찔러봐야지 독이 침투한 지점을 알 수 있지.”

“한 번이 아니라고 말을 했어야지!”

“스스로 옷을 벗은 건 당신이잖아. 가만있어. 함부로 움직이다 침이 삐끗하면 평생을 침대에서 지내야 할 테니까.”

협박으로 황보정욱의 발악을 잠재운 황세은의 침은 그 후로 세 군데를 더 찔렀다.

마지막 한 군데는 무릎에 있는 연골 부근이었고, 황보정욱은 거품을 물 정도로 괴로워했다.

“역시 그런가?”

중얼거린 황세은에게 혜현 선자가 물었다.

“난 아직 골독이라는 것밖에 모르겠는데 뭔가 짐작 가는 바가 있는가?”

“독은 척추를 따라서만 퍼져 있고 다른 곳은 멀쩡하잖아. 척추 위쪽으로 독이 점점 올라가면 종국에 닿는 곳이 어디겠어?”

잠시 생각하던 혜현 선자의 얼굴이 놀람으로 굳어졌다.

“뇌!”

“식초처럼 시큼한 냄새 나지? 상일산(想逸酸)이라는 광물독의 일종인데 사람의 이지를 상실하게 만들지. 이런 독을 썼다는 건 시술자의 어떤 명령도 듣게끔 하는 꼭두각시를 만들려는 거지. 내가 아는 한 딱 한 가지밖에 없는데…….”

"자아허령독(自我虛令毒)!"

"어? 할머니도 알고 있네?"

자아허령독이 알려진 건 오십 년 전이다. 당시 무림에 갓 출도한 독공의 고수가 그 독을 이용해 제자가 사부를, 자식이 부모를 죽이게 만드는 천인공노할 짓을 저질렀다.

그가 바로 얼마 전 복상사로 죽은 일수만살 배웅교다. 무림의 지탄을 받은 배웅교는 그 후로 다시는 자아허령독을 쓰지 않겠다는 맹세를 했고, 무림인들이 아는 한 그 약속은 지켜졌다.

그런데 배웅교가 죽은 후 그 독이 다시 나타난 것이다.

"사부님. 자아허령독이 뭡니까?"

이미 오래전 사라진 독을 선인혜가 모르는 건 당연했다. 오히려 아는 황세은이 이상한 것이다.

"자아허령독을 알고 있다니 대단하군. 혹시 치료법도 알고 있나?"

혜현 선자는 초조한 심정으로 물었다. 딱 한 번밖에 출현하지 않았고 해독제는 만들어지지도 못했다.

제조법을 알고 있는 배웅교가 죽어버렸으니 해독법도 함께 묻힌 것이나 다름없었다.

더구나 독의 황제라고 불렸던 배웅교가 심혈을 기울여 만든 독이니 해독하기 쉬울 리가 만무했다.

"불가능한 것은 아닌데……."

"정말, 정말 고칠 수가 있단 말인가?"

"모든 독에는 상극이라는 게 있는 법이니까."

뭔가를 한참 생각하던 황세은이 네 사람에게 물었다.

"당신들, 근래 주로 생활하던 곳이 어디지?"

선인혜가 대답했다.

"세 분이 화산파를 방문하셔서 지난 나흘 동안 줄곧 이곳
에서 지냈어요."

"침식을 해결한 곳이 여기란 말이지?"

"네."

"일단 이곳을 뜨는 게 좋겠군."

혜현 선사가 황세은을 방구석으로 데려가 다른 사람에게
들리지 않게 속삭였다.

"청수검문이 관련되어 있다고 생각하는 건가?"

"나야 모르지. 하지만 이런 종류의 독은 맛이 아주 고약해
서 먹는 순간 모를 수가 없어. 즉, 며칠 동안 조금씩 꾸준히
먹여왔다는 거지. 그러니 여기가 가장 의심스러운 장소일 수
밖에 없잖아?"

혜현 선자로서는 청수검문을 의심할 수 없었다. 하지만 황
세은의 말이 타당했기에 어쩌면 간세가 있을 수도 있다는 생
각은 들었다.

둘 중 어떤 것이든 옮기는 게 상책이기는 하다.

"알았네. 내 마차를 구해오겠네."

혜현 선자가 나간 사이 황세은은 네 사람이 떠날 준비를 했다.

*　　　*　　　*

"그 넷을 데리고 떠날 모양입니다."

파정주의 말에 파일호는 인상을 찌푸렸다. 어린놈이 나타나 다 된 밥에 코를 빠뜨리려 하고 있다.

"이대로 저들을 보내면 위험합니다. 그 의심이 곧장 우리에게 향하지 않겠습니까?"

"혜현 선자까지 죽여야 한다는 건데……."

"어차피 최신파를 없애려고 저들과 손을 잡은 것 아닙니까?"

"때가 너무 일러서 하는 소리 아니냐?"

"도와줄 손도 있으니 오히려 지금이 적기지요. 만약 저들이 지금 떠나면 늙은이와 젊은 놈에게 누명을 씌울 기회조차 사라지게 됩니다."

"알았다. 그리하도록 하자. 손님들은 어디 계시느냐?"

　　　　　＊　　　＊　　　＊

채비라고 할 것도 없이 외출복을 갈아입고 병장기를 챙기는 게 전부였다.

"쥐새끼가 있었다. 어쩌면 힘든 외출이 될지도 몰라."

마수령의 말에 황세은은 짐짓 전혀 몰랐다는 표정을 지었다.

"그래?"

"네 안전하고 내 해독약하고 교환하는 게 어떠냐?"

"해독약은 이미 있잖아?"

"임시방편 말고 완전한 해독 말이다!"

황세은은 손을 휘휘 저었다.

"날 죽게 내버려 두든지 마음대로 해."

"겁없이 간만 큰 저 애송이를 그냥! 어휴―! 어쨌든 난 네 안전만 책임진다. 다른 놈들은 내 소관이 아니니 그리 알아라."

황세은은 떠날 준비를 마친 네 명을 힐끗 봤다. 독이 발현됐으니 지금은 걷는 것조차 힘들 것이다.

의와 협을 잊지 말라는 황인하의 유언을 생각하면 죽게 내버려 둘 수는 없는 노릇이다.

'급하면 무공을 써야지.'

"항상 네 본모습의 삼 푼은 숨겨야 한다."

황인하의 충고 가운데 하나였기에 무공을 드러내지 않으려고 했지만 상황이 여의치 않으면 어쩔 수 없었다.

"이런 수고를 끼치게 되어서 죄송해요."

예의 바른 선인혜가 깍듯하게 예의를 차렸다.

"신경 쓰지 마. 할아버지 말에 의하면 이것도 인연이니까."

방을 나와 건물에 닿은 뒤뜰을 반쯤 지났을 때다. 옅은 파공음과 함께 황세은의 뒤통수로 뭔가가 날아왔다.

피할 수 있었지만 황세은은 모르는 척 걸음을 옮겼다. 재빨리 손을 뻗은 마수령의 손에 단검 하나가 잡혔다.

마수령이 그의 눈앞에 단검을 흔들며 말했다.

"내가 네 목숨을 구한 거다. 잊지 마라."

"무슨 일 있었어?"

"뒤통수 뚫리게 놔둘걸. 얄미운 놈!"

단검을 간단하게 우그러뜨려 던진 마수령이 허공에 대고 말했다.

"꼴랑 단검 한 개 던지고 말 거 아니잖아? 거기 담 뒤하고 지붕 위에 있는 거 아니까 어서 나와! 아, 여기도 있군."

갑자기 칼을 뺀 마수령이 땅을 향해 그었다. 도에서 터져 나온 도기가 일 장 앞의 땅을 폭파시키는 것처럼 뒤집어났다.

높게 튀어오르는 흙더미에는 떨어진 팔다리와 진득한 피가 섞여 있었다.

비명도 지르지 못한 여섯 구의 시체가 생겼다. 그 모습을 본 네 사람의 입이 쩍 벌어졌다.

단 한 수였지만 그것만으로 마수령의 무공을 능히 짐작할 수 있었다.

그들 가문이나 사문에서도 저 정도의 무위를 보일 수 있는 사람은 얼마 없을 것이다.

담 너머에서, 지붕 위에서 사람들이 속속 나타났다. 쉰 명 대부분은 청수검문의 복장을 하고 있었다.

"남의 일에 함부로 나서면 명이 짧아지는 법이다."

말을 하면서 나타난 자는 쉰 중반의 초로인으로 이곳 청수검문의 문주 파일호였다. 그 곁에는 파정주도 따르고 있었다.

"숙부님, 이게 무슨 일입니까?"

선인혜의 말에 돌아오는 대꾸는 차가웠다.

"숙부? 네가 과연 날 숙부로 생각하느냐? 화산파의 종일 뿐인 나를?"

"종이라니요? 그런 말씀……."

"닥쳐라! 우리 가문이 세워진 지 백오십 년이 흘렀다. 그동

안 너희 화산파에 퍼준 재산이 얼마며, 그들을 위해 흘린 피
는 내를 이룰 것이다! 하지만 화산파는 직전제자가 아니라는
이유로 우리를 고작 하인 정도로밖에 여기지 않았다!"

소리를 치는 파일호의 눈이 붉게 충혈되어 갔다.

"화산파에 그토록 충성을 하셨던 아버님께서 사십 년 전
장로의 말석이라도 내주라고 간청을 하셨을 때 너희 화산파
는 어떻게 했느냐? 일언지하에 거절을 하고 모욕까지 주지 않
았느냐! 그날 아버님께서 오셔서 흘리신 눈물을 나는 아직도
생생하게 기억한다! 이제 너희 화산파를 무림에서 없애 버리
고 우리 청수검문이 섬서성의 주인이 될 것이야!"

마수령이 낮은 웃음을 흘렸다.

"흐흐흐, 화산파 똥구멍 핥으면서 큰 주제에 미리 좀 컸다
고 잡아먹으려 달려드는 꼴이라니. 정파라는 허울을 썼지만
마도와 다른 게 하나도 없군. 히긴 화산파를 부너뜨리려고 잡
은 손이 검은 손이니 이젠 마도라고 해야 하나?"

"무슨 소리를 지껄이는 것이냐!"

마수령이 파일호의 뒤쪽을 보고 말했다.

"언제까지 그놈 아래 숨어 있을 것이냐? 어르신은 기다리
는 것 싫어하니 어서 기어 나와라!"

그러자 파일호와 파정주의 그림자가 일렁이더니 진득한
검은 액체가 되어 솟아오르기 시작했다.

그 모습만 보고도 선인혜의 입에서 비명 같은 이름이 튀어
나왔다.

"무혼쌍영인(無魂雙影人)!"

흐물흐물 일어선 그들은 사람의 형상이 됐지만 여전히 먹
물처럼 온통 검은색이었다. 이목구비도 갖춰지지 않은 그들
은 절로 소름을 돋게 만들었다.

"내가 무림을 떠난 사이 괴상한 놈들이 생겨났군."

—당장 무릎을 꿇고 충성을 맹세해라. 그러면 너희의 혼만
은 온전히 보존해 주마.

마치 허공에서 울리는 듯한 목소리였다.

원래 창백했던 네 사람의 얼굴은 거의 사색이 되었다. 그들
의 모습만 봐도 무혼쌍영인이 얼마나 공포스러운 존재인지
알 수 있었다.

"쯧쯧쯧… 요즘 젊은 것들은 담이 너무 약해."

"영감."

"응?"

"문주히고 부문주, 그리고 저 무혼쌍영인인지 먹물 상판대
기인지 하는 네 놈만 죽여."

"뭐? 적에게 자비를 베풀란 말이냐? 네가 날 잘 몰라서 그
러는데 내 인생에 자비란 없다. 이왕 피를 보는 날이니 저놈
들뿐만 아니라, 아예 청수검문의 씨를 말려 버릴 테다!"

남궁성이 조심스럽게 말했다.

"노인장이 저 무혼쌍영인을 몰라서 하는 소린데……."

"넌 나를 아느냐?"

"아뇨."

"너까지 베어버리기 전에 조용히 찌그러져 있어라."

남궁성은 노인이 분수를 모른다고 생각했다. 아까 보여준 한 수가 놀랍기는 했지만 무혼쌍영인은 상상을 초월하는 자들이다.

인간의 그림자 속에 사는 그들은 실체가 없었다. 실체가 없으니 죽일 수도 없다.

반면 인간은 빛이 있는 한 언제나 그림자를 달고 다니는 존재다.

자신의 그림자에게 죽은 정파인만 수십 명에 달할 정도니 그들에게 무혼쌍영인이 공포로 각인된 것은 당연했다.

"좋은 말 할 때 네 명만 죽여."

황세은의 나직한 목소리에 마수령이 찔끔하는 표정을 지었다. 약점을 단단히 잡혔으니 황세은의 말을 무시할 수는 없었다.

"젠장! 호위라고 하더니 요구 조건도 많네."

"시간 없어. 빨리 끝내."

뭐라고 투덜거린 마수령이 걸음을 내디뎠다.

─죽음을 향해 오는 자, 후회하게 될 것이다.

"신비한 척 지랄을 하네."

마수령은 무혼쌍영인을 향해 칼을 휘둘렀다. 눈에 보이지 않는 도기가 대기를 찢으며 일그러지는 공간을 만들어냈다.

도기는 무혼쌍영인의 목을 핥고 지나갔다. 하지만 잠깐 공간이 왜곡되었을 뿐 무혼쌍영인은 멀쩡히 서 있었다.

그런데 그들의 뒤쪽에서 짧은 비명이 들렸다.

"큭!"

하나같은 두 개의 비명은 파일호와 파정주의 것이었다. 목을 잡은 그들의 손가락 사이에서 피가 뭉클뭉클 흘러나왔다.

괜히 무혼쌍영인 뒤에 있다가 벼락을 맞은 꼴 같았다.

─헛손질에 쓰레기들만 치웠구나.

"멍청이들! 쓰레기를 치우려고 한 빗자루질이었다!"

소리를 친 마수령이 갑자기 돌아서더니 남궁성과 황보정욱을 향해 칼을 휘둘렀다.

쐐애액─!

이번의 도기는 귀청을 찢을 것처럼 날카로운 소리를 질렀다.

갑작스러운 공격이었고, 설사 알고 있었다 한들 막거나 피하기에는 너무 빨랐다.

비명조차 지르지 못한 그들은 그저 몸만 움찔 떨었다. 그런데 낮은 비명이 터졌다.

"으윽!"

풀썩! 쓰러지는 소리에 모두의 시선이 뒤쪽으로 돌아갔다.

남궁성과 황보정욱 바로 뒤에 목이 잘린 두 구의 시체가 뒹굴고 있었다.

몸의 털이라는 털은 모두 깎은 벌거벗은 시체였다.

"어, 어떻게 우리 뒤에 있다는 걸 아셨습니까?"

"둔한 놈들. 저런 잡스러운 살기조차 감지하지 못하다니. 남궁강오(南宮姜吳)와 황보태망(皇甫泰望)이 뭘 가르친 거냐?"

"저희들 아버님을 아십니까?"

"녀석들이 젊었을 때 재롱떠는 걸 몇 번 보기는 했지."

마수령은 네 개의 죽음에도 우두커니 서 있는 무사들을 훑어보며 입맛을 다셨다.

"쩝! 먹이들이 저렇게 많은데 그냥 둬야 하다니 아쉽군."

황세은이 마수령의 등을 떠밀었다.

"빨리 가자고. 저 무사들이 정신을 차리면 설명하느라 진땀깨나 빼야 할 테니까."

"정신을 차리다니요?"

선인혜의 물음에 마수령이 대답했다.

"저들 눈을 봐라. 여름에 열흘은 푹 썩은 명태 눈깔 같지 않으냐? 섭혼술(攝魂術)에 당한 것이다. 범인은 무혼쌍영인인지 뭔지 하는 놈들일 테고.”

“섭혼술을 알고 있는 자들이라면 왜 우리에게 자아허령독을 썼을까요? 이지를 지배하려면 섭혼술을 쓰면 그만인데요.”

“무식한 것들. 네가 설명해 줘라.”

마수령은 대답을 황세은에게 넘기고 서둘러 장내를 빠져나갔다.

“섭혼술은 정신을 완전히 빼놓고 시술자의 명령만 듣는, 일종의 본능만 남겨놓는 거야. 살아 있는 시체나 다름없지. 알아보기가 그만큼 쉽다는 거야. 하지만 자아허령독은 중독되어도 평소의 자신과 똑같아. 그러다 결정적인 순간에 시술자가 명령을 내리면 그때 비로소 독의 힘이 발휘되는 거지.”

선인혜가 물었다.

“우리에게 뭘 시키려고 했던 것일까요?”

“그건 당신들이 알아내야지. 의원에게 너무 과중한 업무를 맡기지 말라고.”

후원을 나와 몇 개의 건물을 지나는 동안 먼저 간 마수령은 보이지 않았다.

“그런데 함께 다니는 노인장은 누군가?”

황보정욱의 물음은 조심스러웠다.

“그냥 나쁜 인간이지. 그래서 내가 데리고 다니면서 개과

천선 좀 시키려고."

＊　　　＊　　　＊

콰앙!

혜현 선자가 있던 자리에 떨어진 철퇴는 두 자 깊이의 구덩이를 만들어놓았다.

쇠사슬 마찰하는 소리가 울리며 돌아간 철퇴는 다시 그녀를 향해 쏘아졌다.

손에 검을 들고 있었지만 막을 엄두도 나지 않았다. 검강이 깃든 검이라도 저 철퇴와 부딪치면 산산조각이 날 것이다.

파천철퇴(破天鐵槌). 그 위력 때문에 붙여진 이름이다.

"늙은 계집! 잘도 도망치는구나!"

허공을 빙글 회전한 방구오(防毆悟)의 철퇴가 다시 날아왔다.

빈틈을 찾아 거리를 좁혀야 하는데, 원추가 달린 철퇴는 물론 손잡이 역할을 하는 이 장 길이의 쇠사슬까지 무기가 되어 접근을 허용하지 않았다.

혜현 선자는 마음이 급해졌다. 그녀가 습격을 받고 있다는 건 청수검문에 있는 사람들 또한 안전하지 않다는 의미다.

마수령이 있어서 그나마 마음이 놓이기는 해도, 무공만으로 해결할 수 없는 일이 비일비재한 곳이 무림이다.

'저런 노마(老魔)까지 끌어들이다니! 대체 무슨 음모가 벌어지고 있는 걸까?'

섬서성에서 서른 명의 고수를 꼽으라면 말석에라도 이름을 올리는 자가 방극오다.

안하무인의 성격 때문에 문파에 속하지 못하고 홀로 떠도는 방극오가 가세했다는 건 그만큼 눈앞의 열매가 달콤하다는 뜻이다.

철퇴에 맞은 땅이 파이면서 자잘한 돌멩이를 퍼부었다.

'읍!'

소매를 저어 막았는데 그 사이를 지난 모래가 눈을 파고들었다.

순간 한쪽 눈이 감기고 시야의 사각이 생겼다. 방극오 같은 고수가 그걸 놓칠 리 없었다.

무섭게 쏘아진 철퇴는 순간적으로 그녀의 시야에서 사라졌다.

검 같은 무기라면 예기를 느낄 수 있는데, 육중한 철퇴는 그 압력이 사방에서 느껴져 감각만으로 상대하는 건 위험했다.

어쩔 수 없이 철퇴가 오는 방향을 가늠해 검을 휘둘렀다.

쩌엉!

수만 근의 쇳덩이끼리 부딪치는 듯한 굉음과 함께 혜현 선
자의 입에서 짧은 비명이 토해졌다.

파편으로 흩어진 검은 얼굴과 어깨를 스치고 반짝이는 쇠
붙이로 멀어졌다.

아득해지는 정신을 붙잡으려 했지만 세상은 연신 빙글빙
글 돌아가기만 했다.

'모험을 해서라도 거리를 좁혀야 했는데.'

무공보다는 의술에 정진한 그동안의 세월은 그녀의 실전
감각을 무디게 만들었다.

과감한 결단이 부족했던 탓에 일어난 패배였다.

'어떻게든 이 사실을 사문에 알려야 하는데.'

안타까운 마음을 품은 혜현 선자가 땅에 내동댕이쳐질 그
순간에 부드러운 무언가가 그녀를 감쌌다.

혜현 선자는 곧 누군가 자신을 받아들었다는 것을 깨달았
다. 흐릿해지려는 시선을 모아 고개를 돌리자 익숙한 얼굴이
들어왔다.

"마 선배!"

얼굴 가득 거친 수염이 덮인 마수령은 그답지 않게 조심스
러운 몸짓으로 그녀를 내려놓았다.

"쯧쯧쯧… 화산파의 장로나 되면서 저런 녀석 하나 처치하
지 못하다니. 장삼풍(張三豊)이 통곡을 하겠군."

“장삼풍은 화산파가 아니라 무당파(武當派)의 개파조사(開
派祖師)세요.”

“그, 그래? 뭐, 어차피 다 같은 도사잖아. 험!”

헛기침으로 무안함을 감춘 마수령이 방극오를 향해 돌아
섰다.

“무림을 홀로 주유한다기에 괜찮은 녀석인 줄 알았는데.
요즘은 마음에 드는 마도인 찾기가 왜 이리 힘드냐?”

“넌 뭐냐?”

“이런 시러배 잡놈을 보았나! 정파 놈들은 그렇다 쳐도 네
놈이 나를 못 알아봐!”

혜현 선자가 낮은 목소리로 말했다.

“십 년 전보다 많이 변하셨어요.”

“뭐가?”

“머리하고 수염이 까매지고 주름도 조금 없어진 것 같고.
어쨌든 젊어졌어요.”

동서고금을 막론하고 젊어졌다는데 좋아하지 않을 늙은이
는 없다.

“그래? 험! 그동안 무공 수련에 정진했더니 외모에 드러나
는 모양이군. 외모는 모른다고 해도 이 칼은 알겠지?”

칼을 빼서 공력을 운용하자 은은하게 붉은 빛이 토해졌다.
잠시 그 모습을 보고 있던 방극오가 깜짝 놀라며 물러섰다.

“싸, 쌍광혈도 마수령!”

“흐흐흐… 그래도 눈깔이 아예 썩지는 않았구나.”

“마 선배께서 어찌 정파의 편을 들고 계시는 겁니까?”

“그럼 네 편은 누군데?”

“그, 그건…….”

“자기편도 제대로 모르는 놈이 내게 뭐라고 하는 것이냐?”

“어찌 되었든 이 일은 마 선배가 상관할 일이 아닙니다!”

“상관하겠다면? 날 죽일 테냐?”

“무림에 드리우기 시작한 힘은 아무리 마 선배라도 감당할 수 없습니다.”

“그 힘이 뭔데? 배후를 알려주면 특별히 도망갈 시간을 한 삼 묘(秒:일 묘는 일 초)쯤 주마.”

마수령을 노려보던 방극오가 결심을 한 얼굴로 소리를 질렀다.

“어디! 쌍광혈도가 얼마나 강한지 보자!”

입을 여는 대신 목숨을 내놓겠다니 바라는 대로 해주는 수밖에.

붉은빛이 노을처럼 짙어진 혈도가 날아오는 철퇴를 맞이했다.

서걱!

쇠가 닿은 게 아닌 사과 껍질을 깎는 듯 옅은 소리였다.

철퇴가 반으로 쪼개져 양쪽으로 날아가고 방극오의 움직임이 멎었다.

철컥!

칼이 집으로 들어가자 붉은빛이 자취를 감췄다. 대신 그보다 붉은 피가 허공으로 치솟았다.

세로로 잘린 방극오는 철퇴처럼 양쪽으로 갈라졌다.

싸움을 본 혜현 선자는 입을 다물지 못했다.

마수령이 강하다는 건 알고 있었다. 풍문으로 들었을 뿐 아니라, 십이 년 전에 직접 보기까지 했다.

그가 천하십대고수 중 당당히 네 번째에 올라 있는 이유를 충분히 납득시킬 수 있는 실력이었다.

그런데 십여 년의 세월을 훌쩍 뛰어넘어 나타난 마수령은 그때보다 더 강해졌다.

물론 그때도 한 수에 방극오를 죽일 수 있었다. 지금처럼 쉽게 죽일 수 있었을 것이다.

그러나 그 '쉽다'는 것에는 분명 차이가 있다. 그때는 오성의 공력으로 죽일 수 있었디면 지금은 삼성이면 충분했다.

상대에 대한 감각이 타고난 혜현 선자는 그것을 똑똑히 느낄 수 있었다.

"폐관수련을 들어가셨다고 하더니, 그동안 정말 강해지셨군요."

"강해져야지. 내 일생에 처음 패배를 안겨준 파천마 그놈 을 꺾기 위해서 지난 십 년 동안 침식도 잊은 채……."

"파천마는 실종되었는데요?"

마수령은 눈을 껌뻑였다.

"무슨 소린가? 실종이라니?"

"파천마는 팔 년 전에 홀연히 자취를 감췄어요."

"헤헤헤! 세상에 사라질 사람이 따로 있지. 지금 농담하는 거지?"

"재미있으세요?"

"전혀."

"전 재미없는 농담은 안 해요."

"정말! 진짜! 틀림없이! 파천마 그놈이 사라졌단 말이야?"

"패왕성과 파천추맹에서 백방으로 찾았지만, 세상 어디서 도 그의 흔적이 발견되지 않았어요. 혹사는 우화등선했다고 도 하고, 어떤 이는 전수자와의 재대결에서 죽었다고도 하는 데 결국 모두 소문일 뿐이죠."

마수령은 자리에 털썩 주저앉았다.

*　　*　　*

마수령은 마차 안에서 혜현 선자가 사 준 술을 마시고 또 마셨다.

혜현 선자가 모는 커다란 마차는 네 명의 환자가 탔고, 작은 마차 안에는 황세은과 마수령 둘뿐이었다.

저렇게 마시다가는 화산파에 도착하기도 전에 세 동이의 술이 전부 동이 날 것 같았다.

"그 파천마인가 하는 사람이 실종되었다는 게 그렇게 슬퍼?"

"지난 십 년간 그놈이 내가 사는 이유였다."

"뭐야? 사랑하는 사이야?"

"그놈은 내가 미워하고 저주하고 찢어발기고 싶은 천하의 개종자다!"

"비무에서 한 번 졌다고 너무하네."

"난 비단 진 것이 아니라… 도망쳤다."

마지막 말을 뱉는 마수령은 금방이라도 울 것 같았다.

"그놈이 무서워서 도망친 것이다. 그 수치는… 그 부끄러움은… 매일 가슴이 찢어지고 악몽 속에서 깨어나는 그런 삶을 니는 아느냐?"

"이젠 시인이 됐네?"

"그래, 비꼬아라. 나를 욕하고 손가락질해라. 비겁한 놈이라고 침을 뱉어라! 죽음이 무서워서 도망친 나를!"

"퉤!"

"익! 이 자식이 불난 집에 부채질을 해도 유분수지!"

"뱉으라며?"

마수령은 들어 올린 주먹으로 힘없이 얼굴의 침을 닦았다.

"파천마가 사라진 이 마당에 화를 낸들 뭐하겠냐? 에휴—!"

"잘됐네. 영감을 죽일 수 있는 강자가 한 명 사라진 거잖아."

"넌 무인의 피를 몰라서 하는 소리다. 적수가 없으면 자신의 손으로 적수를 키워서라도 싸우고 싶은 게 진정한 무인이다."

"걱정 마. 오늘 보니 앞으로 싸울 일 엄청나게 많을 것 같으니까."

"내가 왜 이 복마전(伏魔殿) 같은 싸움판에 끼어든단 말이냐?"

"내 할아버지 왈(曰), 운명은 내가 쫓지 않아도 자연스럽게 온다고 했어."

"허! 정체도 모를 그놈들과 싸우는 게 내 운명이란 말이냐?"

"나와 만난 게 영감의 운명이니까."

마수령이 황세은을 물끄러미 봤다.

"너, 무슨 생각 하고 있는 거냐?"

　　　　　＊　　　　＊　　　　＊

　"이분은 쌍광혈도 마수령 선배시다."

　산문(山門)을 지키고 있던 제자에게 한 혜현 선자의 그 한 마디가 화산파를 발칵 뒤집어놓았다.

　위급을 알리는 종이 요란하게 울리고 화산파의 문인들은 저마다 병장기를 든 채 싸울 준비를 했다.

　황세은을 비롯한 일곱 명은 돌로 만들어진 긴 계단을 올라가 도의각(道意閣)이라는 현판이 걸린 건물을 마주했다.

　건물 앞에는 황토가 깔린 마당이 꽤나 넓게 펼쳐져 있었는데, 그 마당을 꽉 메울 정도로 화산문인의 숫자는 많았다.

　맨 앞에서 그들을 맞은 사람은 흰 수염을 가슴까지 기른 선풍도골의 노도사였다.

　"사형께서 이리 직접 마중을 나와 주시다니, 몸 둘 바를 모르겠습니다."

　인사를 하는 혜현 선자의 입가에는 쓸쓸한 미소가 걸려 있었다.

　마수령이 왔다는 그 한마디에 벌집을 쑤셔놓은 듯한 화산파의 경망함이 마음에 들지 않았다.

　"어떻게 된 건가?"

화산파의 내당(內堂)을 담당하는 혜광 노사(慧光老師)의 눈길은 줄곧 마수령에게 가 있었다.

"아이들과 제가 위기에 빠졌을 때 이분 마 선배께서 목숨을 구해주셨습니다."

혜광 노사는 웃음 대신 이마를 찌푸렸다. 못 믿겠다는 표정이 역력했다.

"이래서 내가 정파 놈들하고 어울리기 싫다니까. 만날 속고만 살았는지 의심은 좆도 많아요."

"사실이니 일단 흉흉한 기세는 거두심이 좋을 듯합니다."

"저분의 도움은 고마우나 화산파는 도를 닦는 청정한 곳이네."

마도인의 발길을 허락할 수 없다는 우회적인 표현이었다.

그걸 모를 리 없는 마수령이었다.

쿠웅!

마수령의 발이 땅을 힘껏 때렸다. 진각(振脚)이다. 땅거죽이 일어날 듯 흔들리며 대부분의 제자들이 중심을 잃고 엉덩방아를 찧었다.

"청정은 쥐뿔! 내 발길질 한 번에 우수수 떨어져 나가는 주제에."

마수령이 몸을 돌리려 할 때 혜현 선자가 말했다.

"인과 도는 사람을 가리지 않는다고 하였습니다. 그가 비

록 마도에 몸을 담고 있다고는 하나, 선의로 오신 분을 쫓는
다면 선조의 가르침에 누를 끼치는 것이라 생각됩니다.”
　“오자마자 자신의 무공을 자랑하는 건 그리 선의가 아닌
것 같네만.”
　“영감, 가지. 괜히 다리 아프게 계단만 올라왔네.”
　“응? 쫓겨나는 건 난데 왜 너까지 간다는 것이냐?”
　“영감하고 난 일행인데, 영감을 쫓는다는 건 곧 나를 쫓는
다는 거잖아.”
　“오호! 그놈 보기와는 달리 의리가 있네.”
　황세은이 마수령의 어깨에 손을 척 올려놓았다.
　“영감하고 내 인연이 어디 보통 인연이야?”
　버르장머리 없는 행동이었지만 그래도 마수령은 웃음을
터뜨렸다.
　“껄껄껄! 그렇지! 이 넓은 세상의 한 점 같은 산중에서 만
났으니 인연도 큰 인연이지!”
　계단을 내려가려는 그들을 혜현 선자가 잡았다.
　“이대로 그냥 가시면 어떻게 합니까? 자네도 성질을 좀 죽
이게. 해야 할 일이 있지 않은가?”
　그러면서 슬쩍 선인혜 등 네 사람을 봤다. 그들을 살려야
한다는 혜현 선자의 몸짓이었다.
　하지만 황세은의 표정은 시큰둥했다.

"할머니. 보시다시피 우린 쫓겨나는 거야. 어거지로 들어가서 눈칫밥 먹으며 치료할 수는 없잖아. 안 그래?"

혜현 선자가 혜광 노사에게 말했다.

"저분 소협은 여기 있는 네 아이를 치료할 수 있는 유일한 사람입니다. 그리고 마 선배는 저 소협의 호위이고요. 이대로 축객령을 내리신다는 건 이 네 아이를 죽이는 것밖에 되지 않습니다!"

"쌍광혈도가 호위라고?"

그에게는 네 명의 목숨이 걸린 것보다 마수령이 호위라는 사실이 더 놀라운 모양이다.

"아니, 꼭 호위라기보다는……."

황세은이 팔꿈치로 마수령의 옆구리를 쿡 찔렀다.

"잠자코 있어."

"제가 이분들을 문에 초대하겠습니다. 이분들 때문에 무슨 일이 생기면 제 목숨을 걸고 책임을 지지요."

명색이 장로가 목숨까지 운운하며 뜻을 관철시키려는데, 혜광 노사라고 무작정 막을 수는 없었다.

"자네 뜻이 정 그러하다면 약왕전(藥旺殿)의 출입은 허락하지. 하지만 외인들이 함부로 돌아다니는 일은 없어야 할 것이네."

"제길! 화산파가 무어 그리 대단하다고. 파천마가 오면 오줌 질질 싸면서 도망… 윽! 왜 자꾸 옆구리를 찔러?"

어쨌든 우여곡절 끝에 그들은 화산파에 들어설 수 있었다.

*　　　*　　　*

"이 약재들만 있으면 되는 것인가?"

혜현 선자의 물음에 황세은이 긴 한숨을 쉬었다.

"그것만으로 될 리가 없지. 그 아까운 걸 또 써야 하다니."

"아까운 거라니?"

황세은이 보따리를 집으려고 하자 마수령이 먼저 덥석 움켜쥐었다.

"이걸 꼭 써야 하는 거냐?"

"영감은 왜 그래?"

"아까워서 그러지. 이게 얼마나 귀한 건데."

"내걸 쓰는데 영감이 왜 아까워?"

"그래도… 내 게 될 수도 있지 않겠냐?"

"꿈 깨고 이리 내놔!"

황세은이 보따리를 푸는 사이 마수령은 연신 '에고, 아까워라' 를 반복했다.

보따리를 나온 황세은의 손에는 한 뼘 길이의 줄기 아홉 개에 단풍잎처럼 생긴 이파리 세 개가 달린 구지삼홍엽이 들려 있었다.

워낙 특이한 모양이었기에 혜현 선자는 단박에 알아봤다.

"그, 그게 정말 그 구지삼홍엽인가?"

"시간이 많다면 적당한 해독약을 만들 수도 있겠지만 지금은 급하니 이걸 쓰는 수밖에."

구지삼홍엽을 받는 혜현 선자의 얼굴은 놀람으로 가득했다.

화산파라는 거대문파에서 약왕당을 맡고 있는 그녀는 당연히 세상의 갖가지 영약을 모두 접해 보았다.

하지만 오십 년 동안 그녀가 그토록 보고 싶었지만 인연이 닿지 않는 두 가지 영초가 있는데, 그 중 하나가 구지삼홍엽이었다.

"이걸 정말 써도 되겠는가?"

어찌 보면 서이혜 등 네 사람은 함세은에게 생면부지라고 할 수도 있었다.

그런 남을 위해서 돈으로 환산할 수 없는 보물을 선뜻 내놓는 황세은에게 감동마저 느껴졌다.

"할아버지 왈, 목숨 하나를 구하는 것이 구층석탑을 쌓는 것보다 낫다고 하셨어. 구지삼홍엽은 네 개의 구층석탑보다 귀하기는 하지만."

"훌륭한 조부님을 두셨네그려."

혜현 선자는 거듭 감사인사를 하고 방을 나갔다.

침대에 앉아 빈둥거리던 마수령이 물었다.

"자꾸 할아버지 얘기를 하는데 어떤 노인네였냐?"

"신선."

"응? 푸헤헤헤! 넌 참 농담을 진담처럼 하는 재주를 가졌구나!"

"신선이셨는데 얼마 전에 우화등선하셨어."

"인석아, 도인이 우화등선을 하면 비로소 신선이 되는 것이다. 신선이 또 우화등선을 한다는 게 말이 되느냐?"

"그러게. 말이 안 되는 일이 왜 일어난 걸까?"

너무도 진지하고 슬픈 표정에 마수령은 할 말을 잃었다.

*　　　*　　　*

"몇 명이나 되는데?"

황세은의 물음에 혜현 선자가 무거운 안색으로 대답했다.

"여덟 명이다."

"장문인과 일곱 명의 장로가 중독이 되었다고?"

"나와 아까 그 혜광 사형만 중독을 면했지. 혜광 사형이 외인을 들이려 하지 않은 이유가 바로 그것이다."

"이상하네. 내가 만약 범인이라면 할머니를 가장 먼저 중독시켰을 텐데. 화산파에서 독을 치료할 수 있는 유일한 사람이잖아?"

"실은 나도 중독이 될 뻔했다. 평생 약을 다뤄온 내 예민한 미각이 독의 존재를 눈치챈 거지. 범인도 그래서 잡을 수 있었다."

"범인이 누구였는데?"

"제자 중 한 명으로 화산파에 입문한 지 십 년 가까이 된 자였다. 그런 자가 간세일 줄 상상이나 했겠느냐?"

"변절한 것이든 원래 간세로 들어왔든 한 명은 아닐 텐데? 달랑 한 명만 심어놓을 이유가 없잖아?"

"내 생각도 그렇다만 지금은 사형들 해독을 시키는 게 먼저이니, 다른 간세를 색출할 엄두가 나지 않는구나."

"다른 장로들은 다 중독이 되었는데 아까 그 영감만 중독이 되지 않았다는 말이지?"

"혜광 사형을 의심하는 것이냐?"

"할머니가 의심하고 있잖아?"

"그, 그거야 혼자 멀쩡하니까."

그녀는 굳이 부인하지 않았다. 하지만 황세은의 생각은 달랐다.

"그 영감은 아니야. 다 중독되었는데 혼자 멀쩡하면 오히려 그게 의심 받을 짓이지."

"흠. 그렇긴 하구나. 하긴 사형들 중에 간세가 있을 리가 없지."

"없다고는 안 했어."

"네 얘기는 종잡을 수가 없구나."

"예부터 나뭇잎은 숲에 숨기라는 말이 있잖아."

"범인이 일부러 중독이 되었단 말이냐?"

"만약 장로들 중에 범인이 있다면 그렇다는 거지."

혜현 선자가 옆에서 지켜본 결과 황세은은 가진 의술이 출중할 뿐 아니라 통찰력도 대단했다.

약관도 되지 않은, 어리다면 어리다고 할 수 있는 황세은에게서 가끔 노회한 강호인의 모습이 보였다.

"그 녀석 이상해. 무공을 익힌 흔적은 없는데, 무공을 익힌 것 같기도 하단 말이야."

"마 선배는 왜 그렇게 생각하세요?"

"내 마기에 눈도 깜빡 안 하거든. 무림에서 수년간 칼밥을 먹은 놈들노 오줌을 지리면시 주지않았 을 그런 마기인데 말이야."

어젯밤 마수령과 나눴던 대화가 새삼 떠올랐다. 조부가 신선이었다는 얘기는 터무니없기는 하지만, 어쩌면 무림의 기인이었을 수도 있다는 생각이 들었다.

"할머니. 뭘 그렇게 생각해?"

"응? 아, 아니다."

"여기 사람들한테 내가 중독을 치료할 거라고 소문 좀 내."

"왜? 대접을 받고 싶은 것이냐?"

"상에 고기반찬 올라오면 나야 좋지. 그보다는 풀을 건드리면 뱀이 나오지 않겠어?"

"적으로 하여금 널 공격하게 할 셈이구나?"

"내 호위도 밥값은 해야지."

『파천마』 제2권에 계속…

아더왕과 각탁의 기사

홍정훈 판타지 장편 소설

『비상하는 매』의 신선함, 『더 로그』의 치열함,
『월야환담』의 생동감.

그 모든 장점을 하나로 뭉쳐 만든 홍정훈식 판타지 팩션!

아더왕과 원탁의 기사.

전설의 검 엑스칼리버의 가호 아래 역사에 길이 남을 대왕국을 건설한
위대한 왕과 그의 충직한 기사들.

"…난 왜 이리 조건이 가혹해?!"

그 역사의 한복판에 나타난 이질적 존재, 요타!
수도사 킬워드의 신분을 빌려 아트릭스의 영주가 되어 천재적인 지략과 위압적인 신위를 휘두르며
아더왕이 다스리는 브리타니아에 정면으로 반기를 든다!

**전설과 같이 시공을 뛰어넘어
새로운 아더왕의 이야기가 우리 앞에 나타난다!**

시공을 달리는 자

R U N N E R

임영기 장편 소설 **런너**

내 **꿈**은
21세기 나의 제국에서 **그녀와 함께 사는 것**이다

나는 전쟁의 신이며 또한 전능자(全能者) 런너다.

이제 내 행동은 역사가 되고 내 말은 법이 될 것이다.

Book Publishing CHUNGEORAM